MIRANDA & NOAH THRELFALL-HOLMES

MEIN GEBETE-EXPERIMENTIERBUCH

18 IDEEN, MIT GOTT ZU REDEN

AUS DEM ENGLISCHEN VON LEA OMERS

MIRANDA & NOAH
THRELFALL-HOLMES

mein GEBETE EXPERIMENTIER BUCH

18 Ideen, mit Gott zu reden

neukirchener

buch+ musik

INHALT

VORWORT

Das hier ist kein Buch, das Teenagern etwas über das Beten beibringen soll. Ich wünsche mir, dass Jugendliche durch dieses Buch ermutigt werden, das Beten selbst auszuprobieren. Es gab mehrere Gründe für mich, dieses Buch zu schreiben. Alles fing damit an, dass zwei Brüder aus unserer Gemeinde konfirmiert wurden und ich in einer christlichen Buchhandlung bei uns im Ort Geschenke für sie besorgen wollte. Ihre Familie geht regelmäßig in die Kirche und besaß dementsprechend schon mehrere Bibeln, Einführungen in das Christentum und so weiter. Ich wollte den beiden Jungen gerne eine einfache Anleitung zum Thema Beten schenken. Zu meinem Erstaunen konnte ich in dieser Kategorie überhaupt nichts finden.

Ich ging nach Hause und erzählte meiner Familie beim Nachmittagstee, wie enttäuschend mein Ausflug zum Buchladen gewesen war. „Vielleicht solltest *du* dann so ein Buch schreiben", schlug mein Mann vor. Im Laufe der Mahlzeit gewann diese Idee immer mehr Kontur und später am Abend war dann der „Teenage Prayer Experiment"-Blog geboren. Auf dieser Plattform wollte ich meine Ideen zuerst online veröffentlichen und Noah war damit einverstanden, sie zu testen und mir Feedback zu geben.

Wir hatten von Anfang an genaue Vorstellungen davon, was wir *nicht* schreiben wollten. Zu viele christliche Bücher und Materialien, die sich an Kinder, Tweens und Teenager richten, sind didaktisch aufgebaut. Darin wird davon ausgegangen, dass die Autor*innen – die Erwachsenen – die Expert*innen sind, die dem jüngeren Publikum Wissen zu vermitteln sollen.

Das steht aber in krassem Gegensatz zur modernen Auffassung von Pädagogik. Viele heutige Methoden betonen die Bedeutung von *erfahrungsorientiertem* Lernen.

Meine eigene Beobachtung ist, dass das insbesondere bei Teenagern der Fall ist: Sie rebellieren gegen alles, was ihnen auch nur ansatzweise vorgibt, was sie zu denken haben. Und sie befinden sich in einer Lebensphase, in der das Experimentieren sowohl die natürlichste als auch die effektivste Art und Weise ist, wie sie lernen können. Außerdem passt dieser Ansatz zu meinem Glaubensverständnis: Auch mir persönlich geht es in meinem Glauben in erster Linie darum, dem lebendigen Gott zu begegnen und durch diese Begegnung Veränderungen zu erfahren, anstatt einfach nur trockene Fakten über Gott zu lernen.

Wir hatten also zwei Leitprinzipien für dieses Projekt: Erstens sollte es komplett von uns beiden gemeinsam verfasst werden. Wir wollten daraus auf keinen Fall ein Buch von einem erwachsenen Experten über ein jugendliches Thema machen. Vielmehr wollten wir als zwei Gläubige verschiedener Altersgruppen ganz gleichberechtigt zusammenarbeiten. Ich war dabei nie die „Gebetsexpertin". Ich habe lediglich Ideen eingebracht, die es wert sein könnten, dass man sie ausprobiert, und dabei auf mein Vorwissen und meine Ausbildung in der christlichen Tradition zurückgegriffen. Nur indem Noah sie ausprobierte, konnten wir feststellen, ob die Ideen gut waren oder wie man sie vielleicht verbessern könnte.

Zweitens waren wir uns sicher, dass das Wort „Experiment“ ganz essenziell ist. Wir haben uns bewusst für diesen wissenschaftlichen Begriff entschieden, weil er darauf hinweist, dass diese Experimente mit einer aufgeschlossenen Einstellung durchgeführt werden sollten und dass die Ergebnisse variieren können.

Meine eigene spirituelle Reise – und ganz besonders meine Konversion während der Studienzeit – hat mich davon überzeugt, dass man das Christsein nicht akademisch erlernen kann. Diese Erfahrung muss man von innen heraus machen. Um Gott zu begegnen und etwas über das Beten herauszufinden, muss man es versuchen: „Probiert es aus und erlebt selbst, wie gut der HERR ist“, wie die Bibel es ausdrückt (Psalm 34,8). Ich wollte also ein Buch schreiben, das jungen Leuten nichts übers Beten *beibringt*, sondern sie dazu ermutigt, Beten selbst *auszuprobieren*. Noah wiederum war sich seines Glaubens nicht wirklich sicher und ging deswegen recht zögerlich an das Projekt heran. Er wurde von uns schon sein ganzes Leben mit in die Kirche geschleppt (er kam zur Welt, als ich mich gerade an der Uni auf meine Ordination vorbereitete). Experimentieren fand er in Ordnung, wollte sich aber nichts vorschreiben lassen.

Also legten wir als Basis des Projektes bald fest, dass es eine offene Liste von Experimenten sein sollte, die keine festgelegten Ergebnisse hatten. Eins war sicher: Wir wollten alles aufschreiben, was passieren würde. Es ist wirklich erstaunlich, wie häufig der Blog schon genutzt wurde und wie viele positive Rückmeldungen wir erhalten haben. Schon nach wenigen Wochen ließen sich Jugendgruppen im ganzen Land

davon inspirieren. Eltern berichteten, wie ihre Kinder, die sich sonst gegen jeglichen elterlichen religiösen Druck sträubten, auf einmal bereit waren, ein Gebetsexperiment von dem Blog auszuprobieren. Und Religionslehrer*innen erzählten uns, dass wir für einen der Schwerpunkte im Lehrplan – religiöse Erfahrungen – ein neues, ungewöhnliches Hilfsmittel geschaffen hatten. Was aber am wichtigsten ist: Die Teenager (und auch einige Kinder) probierten die Experimente aus und fingen an, uns ihr Feedback zu schicken. Beim Lesen dieser Nachrichten war ich immer wieder überwältigt davon, wie ehrlich, deutlich und reflektiert sie über ihre religiösen Erfahrungen mit den jeweiligen Experimenten schrieben.
Ich wünsche mir, dass wir auch Erwachsene in unseren Gemeinden ermutigen können, so offen und ehrlich über ihre Gebetsgewohnheiten nachzudenken.

Dieses Buch ist hoffentlich ein tolles Geschenk für Konfirmand*innen. Schließlich fing mit der Suche danach alles an. Hoffentlich hilft es auch allen Teenagern, die das Beten mal ausprobieren und ihre eigenen Erfahrungen mit denen anderer vergleichen möchten. Wir wünschen uns, dass Jugendgruppen Spaß daran haben, das Buch gemeinsam durchzuarbeiten. Und dass es eine „virtuelle Peergroup" für die Jugendlichen wird, die die einzigen Christen in ihrem sozialen Umfeld oder die die einzigen Teenager in ihrer Gemeinde sind.

Wie auch immer du es verwendest und wer auch immer du bist: Ich hoffe, du hast Spaß beim Experimentieren. Und noch viel mehr hoffe ich, dass dieses Buch dir hilft, dem lebendigen Gott im Gebet zu begegnen.

Miranda Threlfall-Holmes, Durham

WIE DU DIESES BUCH BENUTZEN KANNST

Dieses Buch sagt dir nicht, wie du beten sollst. Es ist ein Buch mit Gebets-Experimenten, die du ausprobieren kannst.

Du hast genug Platz, um aufzuschreiben, wie dir jedes Experiment gefallen hat. Danach findest du immer auch Feedback von anderen, die diese Experimente schon ausprobiert haben, damit du deine Erfahrungen und Reaktionen mit ihren vergleichen kannst.

Es wird Experimente geben, die dir gefallen, und ganz sicher auch welche, die du nicht magst. Welche das sein werden, kannst du nur herausfinden, indem du sie austestest. Wenn du dir die Notizen der anderen Teenager durchliest, wirst du merken, dass unterschiedliche Menschen auch unterschiedliche Dinge mögen. Manche haben sogar Vorschläge zur Verbesserung der Experimente gemacht.

Du musst dieses Buch nicht von vorne bis hinten durchlesen oder versuchen, die Experimente in einer bestimmten Reihenfolge durchzuführen. Du musst noch nicht einmal alle Experimente ausprobieren. Wir haben uns bemüht, die verschiedenen Gebets-Stile gut durchzumischen. Wenn du auf Seite 1 startest und das Buch bis zum Ende durchgehst, wirst du merken, dass sich aktive und kreative Gebets-Ideen mit eher nachdenklichen abwechseln. Du kannst selbst entscheiden, in welcher Reihenfolge du sie ausprobieren möchtest, oder dir auch einfach nur die Experimente aussuchen, die am interessantesten klingen.

Jedes Experiment ist in vier Teile unterteilt: Zuerst gibt es eine kurze Einleitung zu der Gebets-Idee. Darin wird erklärt, wie und warum diese Idee in der christlichen Tradition verwendet wird. Dann kommt das Experiment selbst: Du erfährst, wie es funktioniert, was du brauchst und wo du das Experiment durchführen solltest. Danach hast du Platz für deine eigenen Notizen. Hier kannst du aufschreiben, was während des Experiments passiert ist, wie du dich dabei gefühlt hast und ob du etwas anders machen würdest, wenn du das Experiment noch einmal wiederholen würdest. Und am Schluss findest du die Notizen der anderen Teenager, mit denen du deine eigenen Erfahrungen vergleichen kannst.
Du kannst selbst entscheiden, ob du die Notizen der anderen lesen möchtest, bevor du das Experiment machst. Vielleicht helfen sie dir herauszufinden, welche Experimente dich am meisten ansprechen. Oder vielleicht möchtest du die Experimente auch lieber ohne den Einfluss von anderen ausprobieren und deine Notizen später mit denen der anderen vergleichen.

Das Wichtigste ist, dass du die Experimente wirklich durchführst! Wir haben beide gemerkt, dass man nur herausfinden kann, wie eine bestimmte Art zu Beten so ist, indem man sie ausprobiert. Es bringt nichts, nur darüber zu lesen. Also selbst wenn du eigentlich vorhattest, dieses Buch erst komplett durchzulesen, bevor du startest: Suche dir ein Experiment aus, leg das Buch weg und probiere es einfach aus.

Viel Spaß beim Experimentieren!

Noah und Miranda

GEBETS VERSTECK

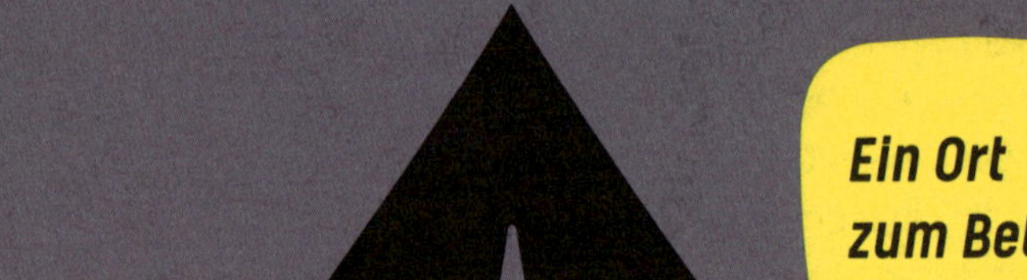

Ein Ort zum Beten

Vielen Leuten fällt es leichter, in der Kirche oder in einer Kapelle zu beten, als zu Hause. Es ist wohl ganz hilfreich, gezielt an einen Ort zu gehen, der zum Beten gedacht ist. Früher hatten wohlhabende Christen oft eine eigene Kapelle in ihrem Zuhause – oder einen kleinen Raum, der nur zum Bibellesen und Beten da war. Das war natürlich praktisch. Es gibt nämlich auch deutliche Unterschiede zwischen dem Beten in einem großen, öffentlichen Gebäude und in einem kleineren, privaten Raum.

In einem großen Raum zu beten, hat den Vorteil, dass du dich als Teil von etwas fühlen kannst, das viel größer ist als du selbst. Hohe Decken lassen deinen Blick nach oben wandern und so richtest du auch deine Gedanken automatisch zu Gott. Dann fühlst du dich ganz klein. Und das Beten in einem öffentlichen Kirchengebäude zeigt dir auch, dass wir nicht einfach nur einzelne Christen sind, sondern ein Teil der weltweiten Kirche von Jesus.

Andererseits kann sich ein kleiner Raum ganz für dich allein auch viel sicherer und vertrauter anfühlen. An diesem Ort kannst du dich Gott ganz nah fühlen und musst dir keine Sorgen machen, was andere Leute über dich denken könnten. Vielleicht fühlt es sich auch ein bisschen so an, als würde Gott zu dir kommen, anstatt dass du zu Gott kommst.

Die Wenigsten von uns haben Platz für eine Kapelle in ihrem Zuhause. Aber du könntest dir in deinem Zimmer eine eigene Gebetsecke einrichten. Wenn du die einzelnen Experimente in diesem Buch durchprobierst, könntest du ein paar der Dinge, die du dabei bastelst, behalten und auf einem Regalbrett oder auf der Fensterbank aufstellen. So schaffst du dir deine eigene Sammlung von Gebetsgegenständen und -erinnerungen und deine eigene Gebetsecke.

DAS EXPERIMENT

Dieses Experiment hebt die Idee einer Gebetsecke auf ein neues Level. Die Idee ist, ein Versteck zu bauen – einen kleinen, geschlossenen Raum, in dem du beten kannst. Gerade groß genug für eine oder zwei Personen.

Zuerst musst du dich entscheiden, wo das Versteck seinen Platz finden soll. Vielleicht in einer Ecke deines Zimmers? Oder in einem anderen Raum eures Hauses, im Schuppen oder in der Garage? Im Sommer möchtest du es vielleicht draußen bauen. Du kannst das Versteck direkt nach dem Experiment wieder abbauen oder auch länger stehen lassen – je nachdem, was an den Orten, die dir zur Verfügung stehen, so möglich ist.

Das Einfachste wäre, ein Zelt aufzustellen. Vielleicht habt ihr ein Pop-Up-Zelt für den Garten oder du hast ein jüngeres Geschwisterkind, von dem du dir ein Spielzelt ausleihen kannst. Hier sind noch ein paar andere Ideen für das Versteck: der untere Bereich von einem Etagenbett; ein Wäscheständer; ein paar Möbel, die du verschiebst (eine Kommode, Stühle und so weiter); ein großer Karton, zum Beispiel von einem Kühlschrank oder einer Waschmaschine; oder einfach ein Tisch. Dieses „Gerüst“ deiner Wahl kannst du dann mit Bettlaken, Woll- oder Bettdecken oder Ähnlichem verkleiden, damit ein geschlossener Raum entsteht. Du solltest für eine gewisse Zeit bequem darin sitzen können, also leg Kissen, Decken oder einen Sitzsack auf den Boden.

Jetzt kannst du dir noch überlegen, wie du dein Versteck von innen dekorieren möchtest. Lichterketten oder eine Lavalampe sind bei anderen Teenagern besonders gut angekommen. Du könntest auch eine Taschenlampe mit ins Versteck nehmen. Achte dann aber darauf, dass die Lampe nicht zu heiß werden kann und dass du kein Feuer riskierst.

Vielleicht willst du auch noch andere Dinge in dein Versteck bringen – Gegenstände aus deiner Gebetsecke, Lichterketten oder einen Teppich. Mach es zu einem Ort, an dem du dich geborgen und sicher fühlst, wo du gern sitzt und zur Ruhe kommen kannst.

Wenn du das Versteck gebaut hast, ist es Zeit, darin zu beten. Setz dich einfach hinein und stell dir vor, dass Gott mit dir hier ist. Du kannst einfach nur leise dasitzen und dir vorstellen, dass Gott bei dir ist. Oder du kannst mit Gott reden oder Gebete sprechen, die du kennst – zum Beispiel das Vaterunser. Oder was hältst du davon, dieses Experiment einfach mit anderen zu kombinieren und ein oder zwei andere Experimente hier im Versteck auszuprobieren?

FEEDBACK

Als ich dieses Experiment ausprobiert habe, ...

Während ich das Gebetsversteck gebaut habe, fühlte ich mich ...

An diesem Ort zu beten, war für mich ...

Am besten daran gefallen hat mir:

Was ich beim nächsten Mal ändern würde:

Ich gebe diesem Experiment ◯ von 10 Punkten.

NOAHS BEWERTUNG: 9/10

Ich habe ein Pop-Up-Zelt im Garten aufgebaut und Decken, Kissen und eine Lichterkette reingepackt. Unsere Katze war manchmal auch drin. Das war wirklich schön. Ich konnte dann mit ihr kuscheln und das hat mich daran erinnert, wie gut Gott ist und was für tolle Sachen er erschaffen kann. Ich habe mich hingelegt und zugedeckt. Das war warm und gemütlich.

Ich habe zuerst für meine Familie und Sachen im Ausland gebetet – so ganz normale Sachen. Dann habe ich – weil ich ja draußen im Garten war – ein paar Teenager auf der Straße gehört. Die haben rumgeschrien und ich habe dann auch für meine Nachbarschaft gebetet. Ich habe gemerkt, dass ich andere Sachen bete, wenn ich woanders bin – also draußen im Zelt zum Beispiel.

Ich fand es richtig gut, dass das Zelt so klein war. In der Kirche ist zwar immer eine schöne Atmosphäre, aber manchmal fühlt es sich da viel zu riesig an. Das macht dann irgendwie Druck, obwohl ich nicht so richtig beschreiben kann, warum. Es ist da eben alles so groß und fühlt sich so öffentlich an. Aber wenn ich dann zu Hause in meinem Zimmer bin, stressen mich zum Beispiel Dinge, die auf dem Boden liegen, oder Sachen, die ich noch erledigen muss, und dann bin ich abgelenkt. Es war also echt schön, in dem Zelt zu sitzen. Das Beste daran war die Gemütlichkeit und dass ich mich sicher gefühlt habe. Ich habe nur die Hintergrundgeräusche von draußen gehört, die Katze hat sich an mich gekuschelt und die Vögel haben gezwitschert und die Blätter an den Bäumen haben geraschelt.

Manchmal, wenn ich bete, stelle ich mir vor, wie Gott mit seinen Engeln und allem so dasitzt und die Gebete wie E-Mails oder sonst eine krasse Himmelstechnologie empfangen kann. Irgendwie habe ich mir in dem Zelt eher vorgestellt, dass sie in den Ästen der Bäume draußen sitzen und nicht oben in den Wolken. Da waren sie mir also etwas näher.

Wenn ich das Experiment noch mal mache, werde ich noch mehr Lichterketten aufhängen. Das sind ja ganz dezente Lichter und es ist einfacher zu beten, wenn die Atmosphäre stimmt. Draußen mit dem Zelt war es schon gut, aber das nächste Mal möchte ich es drinnen probieren und dann nur Sofakissen und Decken und sowas benutzen, um eine Höhle zu bauen. Darin möchte ich dann auch mal schlafen.

WAS SAGEN ANDERE TESTER*INNEN?

10/10 – Es war so toll, zusammen in der Höhle zu beten. Es war recht wenig Platz, deswegen mussten wir echt nah zusammenrücken! Das war sehr beruhigend und die Stimmung war auch schön. Wir haben uns warm, sicher und geborgen gefühlt. Und weil wir zusammen in der Höhle waren, haben wir über Gott mehr als Freund nachgedacht. (Anna, 16, und Rachel, 15)

10/10 – Ich habe immer gedacht: Normalerweise betet man mit festen Wänden um sich herum. Das begrenzt dann irgendwie auch, was so möglich ist. Aber in der Höhle habe ich mich gefühlt, als wäre alles möglich. Es hat sich ein bisschen so angefühlt, als wäre Gott mit mir da drin. Ich habe mich nicht alleine gefühlt, auch wenn ich es war. (Jonny, 14)

10/10 – Ich würde nur eine Sache ändern. Ich schreibe gern Sachen auf, also würde ich beim nächsten Mal auf jeden Fall ein Notizbuch oder sowas mitnehmen. (Emily, 17)

ZIMMER TÜR GEBETE

Einen Eingang schaffen

Was steht an deiner Zimmertür? „Bitte nicht stören“? Oder vielleicht dein Name? Oder kleben da ganz viele Poster, die zeigen, wofür du dich so interessierst?

Und was ist mir eurer Haustür? Ist da einfach nur die Hausnummer und eine Fußmatte, auf der „Willkommen“ steht? Oder ist diese Tür, zumindest manchmal, vielleicht dekoriert? Ballons an der Tür oder am Gartentor zeigen den Leuten, dass auf der Party drinnen Spaß auf sie wartet. Ein Kranz aus Tannenzweigen zu Weihnachten macht das Haus viel festlicher und einladender. Was am Eingang zu sehen ist, bestimmt die Atmosphäre.

In vielen Religionen ist es Tradition, Gebete oder kurze Segenswünsche an Türen zu befestigen. So kann man nicht nur Gott um seinen Segen für das Haus oder den Raum bitten, sondern wird auch jedes Mal, wenn man durch die Tür tritt, daran erinnert, zu beten. Dabei muss man das Gebet nicht immer laut und bewusst aussprechen. Es reicht auch schon, es einfach nur zu sehen und sich beim Vorbeigehen daran zu erinnern.

DAS EXPERIMENT

Versuche mal, Tür-Gebete für deine Zimmertür zu schreiben. Zwei Stück reichen erst mal: eins für draußen, das du jedes Mal siehst, wenn du in dein Zimmer gehst. Und eins für drinnen, das du siehst, wenn du rausgehst. (Wenn du deine Zimmertür normalerweise offen stehen lässt, häng die Gebete an den Türrahmen oder an den Lichtschalter in deinem Zimmer.)

1. Welches Gebet oder welcher Segensspruch würde dir gefallen, wenn du in dein Zimmer gehst? Also wenn du ins Bett gehst oder einfach allein sein möchtest. Oder wenn du nur kurz reingehst, um dir einen Pulli anzuziehen. Wenn du deine Hausaufgaben machst, dich traurig oder einsam fühlst oder einfach in Ruhe etwas lesen oder ein Computerspiel spielen willst.

Vielleicht: „Gott, segne dieses Zimmer."
Oder: „Gott, sei mit mir."
Oder: „Gott, segne all meine Gedanken und Träume."
Davon kannst du dir eins aussuchen oder ein eigenes schreiben.

2. Und wofür möchtest du beten, wenn du dein Zimmer verlässt? Vielleicht machst du dich auf den Weg zur Schule, holst dir nur kurz was zu trinken oder gehst jemanden besuchen, den du gerade mehr oder weniger gern sehen möchtest.

Vielleicht: „Gott, sei bei mir, wo immer ich auch bin."
Oder: „Gott, segne mich."
Oder: „Gott, schenke mir Geduld und Frieden."
Oder: „Gott, beschütze mich und umhülle mich mit deiner Liebe."

3. Wenn du dich für deine Gebete entschieden hast, schreibe sie auf oder drucke sie aus. Du kannst die Schilder aus Papier oder Pappe basteln und sie dekorieren, wie auch immer du möchtest. Gestalte sie so, dass du dich freust, wenn du sie siehst. Außerdem sollte die Schrift groß genug sein, damit du sie ganz leicht lesen kannst, wenn du dich der Tür näherst.

Befestige die Schilder an der Tür oder am Türrahmen, wo du sie immer sehen kannst.

4. Lass die Schilder für mindestens eine Woche hängen. Sprich die Gebete an den ersten zwei Tagen ganz bewusst aus, wenn du sie siehst. Das kann laut oder ganz leise zu dir selbst sein. Danach wirst du die Gebete wahrscheinlich sowieso im Kopf haben, aber konzentriere dich trotzdem auf sie, wenn du durch die Tür gehst.

Wenn dir diese Idee gefällt, kannst du auch für andere Türen solche Schilder basteln, zum Beispiel für die Haustür, die Badezimmertür oder die Küchentür. Vielleicht findet das deine Familie ja auch gut.

FEEDBACK

Als ich dieses Experiment ausprobiert habe, ...

Wenn ich die Gebete gesehen habe, ...

Nach ein paar Tagen ...

Am besten daran gefallen hat mir: ...

Was ich beim nächsten Mal ändern würde:

Ich gebe diesem Experiment ◯ von zehn Punkten.

NOAHS BEWERTUNG: 4/10

Ich habe für meine Tür zwei Post-Its benutzt. Draußen stand: „Gott, sei an diesem Ort“, und drinnen stand: „Gott, sei bei mir, wo immer ich bin“. Ich habe sie jedes Mal gelesen, wenn ich vorbeigegangen bin. Aber die Notizzettel sind nach zwei Tagen schon abgefallen. Da hatte ich mir die Sätze aber auch schon gemerkt und habe sie zu mir selbst gesagt, wenn ich durch die Tür gegangen bin. Viel hat mir das aber nicht gebracht. Ich finde es besser, wenn man mit irgendwas interagiert. Nur etwas zu sagen, fand ich nicht so überzeugend. Es hat mich aber an Gott denken lassen. Nicht immer, wenn ich in mein Zimmer gegangen bin, aber schon öfter. Zum Beispiel habe ich dann gebetet, wenn ich ins Bett gegangen bin, weil ich daran erinnert wurde. Ich glaube, das Ganze hätte besser funktioniert, wenn ich mir mehr Mühe mit den Schildern gegeben hätte.

WAS SAGEN ANDERE TESTER*INNEN?

8/10 – Ich fand das Experiment echt hilfreich und inspirierend. Ich habe zwei Karteikarten benutzt, die ich noch vom Lernen übrig hatte, und habe da die Gebete draufgeschrieben. Die Karten habe ich dann an die beiden Seiten meiner Zimmertür geklebt. Ich habe sie nicht noch verziert, weil ich die Wörter schon ganz ordentlich und schön aufgeschrieben habe.

Das Gebet, was ich immer gesehen habe, wenn ich aus meinem Zimmer gegangen bin, habe ich über Körperwahrnehmung geschrieben und darüber, dass ich versuche, jeden Tag so zu leben, als wäre er mein letzter. Und dass ich mich daran erinnere, dass ich ein Geschöpf Gottes bin.

Meine Prüfungen in der Schule haben mich zu dem Gebet fürs Reingehen inspiriert. Ich habe etwas darüber geschrieben, dass ich dankbar für all meine Möglichkeiten sein sollte und dass ich mich für niemanden außer für mich selbst anstrengen sollte. Und dass ich daran denke zu lernen, denn von nichts kommt ja auch nichts.

Es gefällt mir wirklich gut, die Gebete an meiner Tür hängen zu haben. Immer wenn ich durchgehe, fallen sie mir ins Auge und ich denke zuerst: „Was ist das da an meiner Tür?" Aber dann fällt es mir wieder ein und ich lese die Gebete und sie inspirieren mich echt. Sie erinnern mich an die Dinge, dich ich aufgeschrieben habe. Und irgendwie fühle ich mich durch sie auch ein bisschen mehr mit Gott verbunden. Sie erinnern mich daran, dass Gott bei mir ist. Das hat wirklich super funktioniert! (Jasmine, 14)

2/10 – Ich wollte kein Gebet in meinem Zimmer hängen haben, das dann jeder sehen kann. Ich behalte Beten lieber für mich, als was Privates. Ich kann mir vorstellen, dass das andere Leute ans Beten erinnert, aber für mich war es nichts. (Emily, 17)

6/10 – Das zum Reingehen war ganz gut. Ich habe auf eine goldene Karte „Gott, gib mir in diesem Zimmer Frieden" geschrieben und das hat sich direkt in meinem Kopf verankert. Immer, wenn ich es gesehen habe, dachte ich: „Ach ja!", und habe mich wieder daran erinnert. Mit dem Gebet zum Rausgehen habe ich Gott gebeten, mir zu helfen, dass es in der Schule gut läuft. Aber das hing nicht so gut platziert und ich habe es deswegen nicht so gut gesehen.

Die Schilder sind schon öfter abgefallen. Das Klebeband hält ganz oft nicht, aber ich habe die Schilder immer wieder aufgehängt.

Das Einzige, was ich ein bisschen komisch fand, war, dass jeder lesen konnte, was ich so bete. Aber ich habe mich schnell daran gewöhnt, dass die Gebete da hängen, und war dann auch nicht mehr so unsicher. (Luke, 16)

6/10

– Ich mag die Idee und freu mich schon, die Gebete bei mir aufzuhängen.

– Es hat echt Spaß gemacht und war cool und kreativ.

– Damit kann man ein bisschen was von der Kirche in sein Zimmer bringen!

– Ich fand das wirklich entspannend.

(Mitglieder von „Encounter", All Saints Church, High Wycombe)

7/10 – Ich hatte ein Blatt Papier an dem Vorhang hängen, der meine Tür verdeckt. Nach einer Weile war es da aber im Weg, also habe ich es wieder abgehängt. Aber ich hatte mir dann schon angewöhnt, das Gebet im Kopf zu sagen, und jetzt spreche ich es immer automatisch, wenn ich aus dem Zimmer gehe. (Hannah, 10)

9/10 – Ich habe ein ziemlich großes Stück Karton gefunden und es lila angemalt. Dann habe ich mir den Satz „Gott, schenke mir Geduld und Frieden" ausgesucht und ihn in allen möglichen Farben und Schriftarten auf das Schild gemalt, immer ganz unterschiedlich. Dann habe ich meine Hand blau angemalt und in einer Ecke einen Handabdruck gemacht. Und dann habe ich noch überall goldenen Glitzer verteilt.

Es war schön und entspannend, das zu machen, weil ich es ganz alleine gemacht habe. Es war cool, die Farben auszusuchen und die verschiedenen Schriftarten auszuprobieren. Die wichtigen Wörter habe ich so markiert, dass sie einem besonders auffallen. (Catherine, 15)

MINE CRAFT KIRCHE

Ein Ort zum Beten

Obwohl wir überall zu Gott beten können, kannst du dich vielleicht besser konzentrieren, wenn du dafür an einen bestimmten Ort gehst. Dieser Ort kann irgendwo bei dir zu Hause sein, zum Beispiel ein bestimmter Sessel oder eine Ecke in deinem Zimmer.

Viele Leute verbinden Beten damit, dass man dazu in die Kirche oder an einen anderen speziellen Ort geht, zum Beispiel in eine Kapelle, eine Kathedrale, einen Schrein oder einen Garten. Einen Ort, an dem sie sich ungestört oder näher bei Gott fühlen, oder der einfach ganz anders als das alltägliche Leben ist. Es kann besonders hilfreich sein, wenn dieser Ort speziell zum Beten gedacht ist und Menschen schon seit Jahren dort beten.

In der gesamten Geschichte des Christentums haben Menschen kleine Kapellen in ihren Häusern eingerichtet, Schreine am Wegesrand errichtet, kleine Kirchen und riesige Kathedralen gebaut. All diese Orte haben den Sinn und Zweck, dass man sich dort auf das Beten konzentrieren kann, weil man dem gewohnten Leben für eine Weile entfliehen kann.

Virtuelle Welten

Noah verbringt viel Zeit mit dem Computerspiel *Minecraft*. Deswegen haben wir uns gefragt: Könnte *Minecraft* – oder eine andere virtuelle Welt wie *Die Sims* – ein Ort zum Beten sein? Könnte man in dieser virtuellen Welt einen besonderen Ort für das Gebet erschaffen? Und wie wäre es wohl, da zu beten?

Wie eine Kirche haben virtuelle Computerspiel-Welten den Vorteil, dass sie sich außerhalb des Alltags befinden. Sie sind Orte, wo Menschen hingehen, um ihrem normalen Leben zu entfliehen. Da trifft man vielleicht Freunde, sieht sich selbst ganz anders und probiert neue Dinge aus.

Ein Spiel wie *Minecraft* hat außerdem den Vorteil, dass man sehr kreativ sein kann. Man kann seiner Fantasie freien Lauf lassen und baut einfach das, worauf man Lust hat. Also kann man auch viel ausprobieren und experimentieren. Vielleicht fühlst du dich in *Minecraft* viel erfinderischer als sonst?

Die Leute, die das ausprobiert haben, haben sich dem Gebets-Ort viel verbundener gefühlt, weil sie ihn eben selbst erschaffen hatten. Wenn du an einem Ort betest, den du selbst gemacht hast, betest du anders. Zum Beispiel haben einige andere im Lobpreis angeleitet und so buchstäblich die Verantwortung für ihren Gebets-Ort übernommen. In einer virtuellen Welt zu beten, hat sie dazu gebracht, in verschiedene Rollen zu schlüpfen – vom Pfarrer bis zur Organistin!

DAS EXPERIMENT

Bei diesem Experiment kannst du einen Ort zum Beten in einer virtuellen Welt erschaffen. Du solltest ein Spiel auswählen, das dir Spaß macht und mit dem du dich gut auskennst, wie zum Beispiel *Minecraft*.

Mach dir zuerst ein paar Gedanken über deinen idealen Gebets-Ort:

- Wo befände er sich?
- Was gäbe es dort zu sehen?
- Wie würde er aussehen?
- Wie groß wäre er?
- Was wäre drin?
- Was würdest du dort tun?

Und jetzt geh online und versuche, deinen Traum-Gebets-Ort zu erstellen. Vielleicht ist es eine virtuelle Kirche, Kapelle oder Kathedrale. Oder vielleicht sieht er auch ganz anders aus.

FEEDBACK

Als ich versucht habe, einen Ort zum Beten zu erschaffen, ...

An diesem Ort zu beten, war für mich ...

Am besten daran gefallen hat mir: ...

Was ich beim nächsten Mal ändern würde:

Ich gebe diesem Experiment ___ von zehn Punkten.

NOAHS BEWERTUNG: 7/10

Ich wollte jetzt keine riesige Kathedrale bauen, aber schon was Großes. Ich habe eine ganz traditionelle Kirche gebaut. Sozusagen meine eigene Version unserer Kirche: Die ist schön und lässt mich an Gott denken, weil da die richtige Stimmung dafür ist.

Also habe ich eine Kirche gebaut mit einem Mittelschiff und dem Altar, Chorstühlen, über 50 Bankreihen, einem Glockenturm und bunten Kirchenfenstern. Ich habe die Kirche so gebaut, dass sie nach Osten ausgerichtet ist, damit die Sonne durch das große Fenster hinter dem Altar scheint, wenn sie aufgeht.

Ich habe mir viele Gedanken über die Gegenstände gemacht, die ich in die Kirche gestellt habe – die Bankreihen, die Kanzel und so. Ich habe darüber nachgedacht, dass normalerweise alles nach vorne ausgerichtet ist, und habe mich gefragt, ob das was Gutes ist oder nicht. Einerseits konzentriert man sich so darauf, was der Pfarrer so zu sagen hat. Aber vielleicht übersieht man dann auch andere schöne Dinge in der Kirche, bei deren Bau sich die Leute sehr viel Mühe gegeben haben. Als ich den Altar gebaut habe, habe ich plötzlich gedacht, dass ich mir eine Pfarrer-Skin für meine Figur runterladen könnte, also habe ich das auch gemacht. Klar war ich der Pfarrer, weil ich ja die Kirche gebaut habe.

Dann habe ich einen kurzen Gottesdienst in der Kirche als Pfarrer gehalten. Nur ich und mein kleiner Bruder waren da

– er war die Gemeinde. Zuerst haben wir eine Liedstrophe gesungen. Dann bin ich an die Kanzel gegangen und habe die Geschichte erzählt, wie Jesus die Samariterin am Brunnen nach Wasser fragt (die Geschichte hatten war in der Jugendkirche an dem Morgen schon gelesen). Und am Ende habe ich meinem Bruder eine Frage dazu gestellt. Er hat darauf geantwortet und ist dann wieder gegangen. Dann habe ich mich vor den Altar gestellt und das große Fenster angeguckt. Ich habe dann die Hände von der Tastatur genommen und gebetet.

Als ich die Kirche gebaut hatte, wollte ich sie auch benutzen. Den Pfarrer zu spielen, war da die beste Methode. Es hat sich ganz selbstverständlich angefühlt, dass ich den Gottesdienst geleitet habe und mein Bruder auch dabei war. Irgendwie habe ich mich dadurch, dass ich die Kirche selbst gebaut hatte, so gefühlt, als wäre das mein Platz, wo ich dafür verantwortlich bin, durch die Gebete zu leiten. Und nicht einfach nur für mich zu beten.

WAS SAGEN ANDERE TESTER*INNEN?

8/10 – Ich wollte eher ein Zuhause bauen als ein Gebäude, wo man extra hingehen muss. Es sollte sich geborgen anfühlen und jetzt nicht so spektakulär sein. Ich habe einfach nur ein rechteckiges Haus gebaut und drinnen zwei Blumentöpfe reingestellt und es mit vier Fackeln beleuchtet. Ich habe es in einen Berghang reingebaut, direkt an einem Fluss, wo es dann teilweise über das Wasser geragt hat.

Das Haus zu bauen, hat sich super angefühlt – ich habe das ja ganz alleine gemacht. Und ich konnte in Ruhe darin beten, weil es ja ein Ort für mich war.

Ich habe mir vorgestellt, wie ich in dem Haus bin und da bete. Dadurch habe ich alle meine Probleme und Sorgen aus dieser Welt vergessen und habe mich gefühlt, als hätte ich nur die Sorgen in der *Minecraft*-Welt. Und das sind nicht so viele. (Reuben, 13)

4/10 – Ich habe eine Kirche in einer Welt gebaut, wo ein Freund und ich sie beide benutzen konnten. Wir wollten sie eigentlich zusammen benutzen. Aber als ich versucht habe, darin zu beten, fand ich das ein bisschen komisch.

Ich habe dann Dorfbewohner als Gemeinde und noch einen als Priester reingetan, aber der Priester ist weggelaufen, als ich das Tor geöffnet habe, um meinen Hund reinzulassen. Also habe ich dann einfach den Hund genommen.

Der Hund war viel besser, weil ich mich mehr darauf konzentrieren konnte – draußen waren auch ganz viele Schweine und haben laut gegrunzt.

Wenn ich das noch mal ausprobiere, würde ich die Kirche vielleicht noch größer und majestätischer bauen, damit sie für mich etwas mehr zu einem heiligen Ort wird. Ich habe das auch in dem Spiel *Blockheads* versucht, aber das hat auch nicht so gut geklappt. (Daniel, 11)

8/10 – Ich würde der Idee 8 Punkte geben, weil es echt Spaß gemacht hat und kreativ war. Man konnte gut zur Ruhe kommen und sich von seinen Sorgen ablenken. Wenn man *Minecraft* spielt, ist man sowieso viel kreativer und dann kann man auch besser nachdenken und beten.

Ich habe das zusammen mit meinem Bruder Ben ausprobiert. Wir haben eine große Kirche gebaut mit einem rechteckigen Dach und zwei Etagen. Außerdem haben wir ein Taufbecken, eine Orgel, einen Altar, Bankreihen, eine Kanzel, Liedertafeln und ein Kreuz reingebaut. Wir haben die Kirche „St. Steve von Minecraft" genannt und im oberen Stockwerk einen Schrein errichtet. Wir haben ziemlich viel darüber diskutiert, wie wir den Altar bauen wollten, und haben dann zwei Endportale benutzt, weil die so aussehen, als würde ein Tuch über ihnen liegen.

Als es dann ans Beten ging, haben wir alle Dorfbewohner in den Bankreihen und auf den Chorstühlen platziert und ich habe mich an die Kanzel gestellt und gebetet. Ich habe für die Sachen gebetet, die die Leute in *Minecraft* so brauchen; für sie und ihre Feinde wie die Creeper, für die Ernte und so weiter. Weil wir im Spiel waren, habe ich an die Sachen gedacht, die da wichtig sind, aber dann habe ich auch für ähnliche Sachen aus dem echten Leben gebetet. Für verfeindete Menschen, für Menschen ohne genug zu Essen und für Tiere.

Mein Bruder war der Organist, also hat seine Figur an der Orgel gesessen und er hat im echten Leben mit den Fingern gewackelt, als würde er die Orgel spielen, während wir ganz viele Lieder gesungen haben.

Als nächstes möchte ich vielleicht eine Sonntagsschule für die kleinen Dorfbewohner bauen. Und ich hatte die Idee für ein gemeinsames Grillen mit der Gemeinde, weil man in *Minecraft* dafür auch das richtige Fleisch hat. (Phoebe, 11, mit ihrem Bruder Ben, 8)

9/10 – Ich fand die Idee wirklich cool, weil das Bauen Spaß gemacht hat und es sich gut angefühlt hat, weil man ja alles genauso bauen konnte, wie man wollte. Ich habe mit bunten Blöcken den Umriss einer kleinen Kapelle auf den Boden gebaut, nur mit einer Kniebank in der Mitte und einem Tisch. Ein bisschen habe ich auf der Kniebank gestanden, ein bisschen mich aber auch hingekniet. Da zu beten war eigentlich so wie im echten Leben, aber es hat mehr Spaß gemacht. (Edward, 14)

MIT DEM GANZEN KÖRPER BETEN

Die Verbindung von Körper und Geist

Wie oft denkst du darüber nach, was du beim Beten mit deinem Körper machst? Die Wissenschaft findet immer mehr über die Verbindung zwischen Körper und Geist heraus. Wir sind nicht nur ein Geist in einem Körper, wie ein Computer in einem Gehäuse. Unser Körper ist ein Teil von uns und was wir mit ihm machen, beeinflusst unser Denken.

Lächle doch einfach mal. Du fühlst dich schon gleich viel glücklicher, wenn du die Muskeln zum Lächeln bewegst – auch wenn du nur schauspielerst.

Wir denken meistens nicht so viel darüber nach, was wir beim Beten mit unserem Körper machen. Dir wurde bestimmt schon einmal erklärt, dass du die Hände falten und die Augen schließen sollst. Der Gedanke dahinter ist, dass man sich dadurch nicht so leicht ablenken lässt. Mit gefalteten Händen fummelt man an nichts herum und mit geschlossenen Augen sieht man auch nichts, was einen ablenken könnte.

In manchen Kirchen stehen, sitzen und knien die Leute zu verschiedenen Zeiten während des Gottesdienstes. Das kann einen durcheinanderbringen, wenn man mal in eine neue Kirche geht. Denn nicht in jeder Kirche sind die Abläufe gleich.

Gebetshaltungen

Wie viele verschiedene Gebetshaltungen fallen dir ein? Zur Zeit der Römer haben die Leute im Stehen gebetet, mit ausgestreckten Armen. In vielen Kirchen macht der Priester oder Pfarrer während des Gebets zum Abendmahl auch heute noch diese Geste.

Sich hinzuknien wurde im Mittelalter in Europa üblich. An diese Haltung waren die Leute gewöhnt, weil man sich auch vor einen Fürsten oder den König kniete. Als die Leute begannen, sich ein persönlicheres Bild von Gott zu machen, merkten sie, dass ihre Beziehung zu Gott der Beziehung ähnelte, die sie auch zu den gesellschaftlich Höhergestellten hatten.

In anderen Kulturen ist das übrigens genauso. Muslime verbeugen sich zum Beispiel, dann knien sie sich hin und beugen ihre Köpfe zum Boden, während sie beten. Auch das hat man im Mittelalter in Gegenwart eines Königs oder eines anderen Höhergestellten in östlichen Kulturen so gemacht.
Manchmal legen sich Menschen auch mit dem Gesicht nach unten auf den Boden, um zu beten. Das nennt man Prostratio. Diese Gebetshaltung wird normalerweise für ganz besonders ernste Gebete aufgespart. Heute wird sie in manchen Kirchen an Karfreitag oder bei der Ordination von neuen Geistlichen praktiziert. Früher haben Mönche oder Nonnen manchmal die ganze Nacht auf dem Boden liegend gebetet, bevor sie ins Kloster eintraten. Manche Ritter haben das früher auch vor einem Kampf gemacht.
Heute betet man meistens im Sitzen. Die Gebetshaltungen unterscheiden sich dann hauptsächlich darin, was man mit seinen Händen macht. Faltet man sie? Legt man sie flach aneinander? Hält man die Handflächen offen nach oben, als würde man darauf warten, etwas von Gott zu bekommen? Jubelnd in die Luft, wie bei einem Rockkonzert oder wenn ein Tor geschossen wurde?

DAS EXPERIMENT

In diesem Experiment kannst du verschiedene Gebetshaltungen ausprobieren. Achte darauf, wie sie dich über deine Beziehung zu Gott fühlen lassen.

1. Geh in dein Zimmer oder woanders hin, wo du ungestört bist. Dann kannst du in Ruhe die verschiedenen Positionen ausprobieren und ganz entspannt sein. Versuche wie ein Priester am Altar zu stehen und die Arme auszustrecken. Stell dir vor, dass du direkt vor Gott stehst: Wie fühlt sich das an?

2. Knie dich hin, entweder auf ein oder auf zwei Beine. Das ist ein bisschen so, als würdest du vor einem König knien, um zum Ritter geschlagen zu werden. Oder als würdest du einen Herrscher um einen Gefallen oder um Gnade bitten. Stell dir vor, dass du vor Gott kniest: Wie fühlt sich das an?

3. Leg dich ganz flach hin, mit dem Gesicht nach unten. Deine Beine liegen aneinander, die Arme sind ausgestreckt – dein Körper bildet ein Kreuz. Wie ist das so, vor Gott zu liegen? Versuche dir auch vorzustellen, wie es für Jesus am Kreuz war.

4. Jetzt setz dich auf einen Stuhl oder auf dein Bett. Stell dir vor, dass Jesus neben dir sitzt. Wie fühlt es sich an, so mit Gott zu reden? Wenn du magst, kannst du auch unterschiedliche Haltungen der Hände ausprobieren.

5. Wenn dir noch andere Haltungen einfallen, dann probiere sie ruhig auch aus. Denk darüber nach, wie du dich bei jeder Haltung fühlst. Wie wirkt sich deine Haltung auf deine Beziehung zu Gott aus, wenn du dir vorstellst, dass er bei dir ist, während du betest?

FEEDBACK

Als ich dieses Experiment ausprobiert habe, ...

____

____

Im Stehen zu beten, war für mich ...

____

____

Im Knien zu beten, war für mich ...

____

____

Im Liegen zu beten, war für mich ...

____

____

Im Sitzen zu beten, war für mich ...

____

____

Am besten daran gefallen hat mir:

____

____

Was ich beim nächsten Mal ändern würde:

____

____

Ich gebe diesem Experiment ____ von zehn Punkten.

NOAHS BEWERTUNG: 9,5/10

Ich habe verschiedene Haltungen ausprobiert und mir vorgestellt, dass Gott vor mir steht. Das war RICHTIG komisch! Obwohl ich die Augen zu hatte und mir so ein großes, leuchtendes Licht vorgestellt habe, stand Gott dann da. Und dann habe ich nichts gesagt, weil ich viel zu viel Angst hätte, wenn Gott wirklich da wäre.

Zuerst habe ich das Stehen ausprobiert. Es war ein bisschen anstrengend, weil ich nicht so gerne lange stehe. Und da hätte es mich auch am meisten geschockt, wenn Gott vor mir gestanden hätte. Hätte ich gesessen, wäre ich entspannter gewesen und hätte mich sicherer gefühlt. Im Stehen kam ich mir verletzlich vor – wenn man sich mal vorstellt, wie mächtig Gott ist … Wenn du vor Gott stehen würdest, was würde er da sagen? Denk mal an all die schlimmen Sachen, die du gemacht hast! Gott erwartet immer das Beste von uns, das steht in der Bibel. Im Stehen habe ich mich gefühlt, als würde Gott mich ausschimpfen.

Knien hat sich auch nicht richtig angefühlt. Ich würde mich nicht vor Gott hinknien. Da würde ich lieber stehen oder mich noch lieber hinsetzen. Das Knien fühlte sich an wie ein Interview mit Gott, das war echt schlimm. Ich habe mich ganz klein und schutzlos gefühlt. In meinem Kopf hat das ausgesehen, als wäre ich im Himmel und würde vor Gottes Schreibtisch knien. Und er fragt mich dann aus und zählt alle falschen Sachen auf, die ich schon gemacht habe, und die wenigen guten Dinge. Und die ganze Zeit hoffe ich, dass Gott mich in

den Himmel lässt – was er wahrscheinlich tun würde, weil er ja vergibt. Aber es war trotzdem schrecklich.
Sitzen war am einfachsten, weil es viel entspannter war. Ich habe mir dabei nicht so was Krasses vorgestellt, weil ich halt relaxt war. Gott war da, ich habe mir das helle Licht vorgestellt, aber ich konnte ganz in Ruhe vor Gott beten. Also habe ich für Dinge gebetet, die so in der Welt los waren.

Im Liegen zu beten war ziemlich komisch, aber ich fand es von allen Positionen am besten. Im ersten Moment habe ich mich nur an die Position gewöhnt und versucht, meine Sinne runterzufahren und mir Gott vorzustellen, also habe ich das Vaterunser gesprochen. Und dann war das ein bisschen so wie in der Bibel, als Gott Jona ruft. Es kam mir vor, als wäre da ein helles Licht über meinem Bett und als würde eine Stimme das Vaterunser mit mir sprechen. Das war nur ganz kurz so und ich habe noch länger dagelegen und gehofft, dass es wieder passiert, aber da war dann nichts mehr. Das war eine echt tolle Erfahrung und ich fände es toll, wenn das noch mal passieren könnte.

WAS SAGEN ANDERE TESTER*INNEN?

8/10 – Ich habe mich zuerst hingestellt und die Hände hinter meinen Rücken gehalten. Ich habe das zusammen mit einer Freundin ausprobiert und wir haben uns beim Beten abgewechselt, fast wie in einem normalen Gespräch. Das hat ziemlich zum Nachdenken angeregt und normalerweise würde ich gar nicht so beten. Ich habe ziemlich viel mit meinen Fingern rumgespielt und konnte nicht lange stillstehen.

Danach habe ich das Hinknien ausprobiert. Mein Vater und ich haben immer vor dem Schlafengehen im Knien gebetet, als ich noch klein war. Das hat mich dann an meine Kindheit erinnert und an die Sachen, für die ich früher so gebetet habe und dankbar war.

Zum Beten im Liegen bin ich nach draußen gegangen, weil es ein schöner Tag war. Ich habe mich auf den Rücken auf die Wiese gelegt und mich überall umgeschaut. Es war echt schön, so in Gottes Welt zu sein und die ganze Schönheit zu sehen. Das hat mich daran erinnert, wofür ich alles dankbar bin – die zwitschernden Vögel, die Bäume und so. Ich konnte mich nur nicht so gut entspannen, weil ich Insekten und Dreck nicht so gerne mag. Ich habe mir die ganze Zeit Sorgen gemacht, dass was in meine Haare krabbelt. Ich hätte mich auch auf eine Decke legen können, ist mir dann später eingefallen. Aber es war auch so echt entspannend.

Ich fand es richtig cool, das Experiment auszuprobieren. Ich habe neue Ideen zum Beten gesammelt und viel über mich gelernt und darüber, wie ich bete. Draußen zu liegen fand ich am besten. Knien war nichts Ungewöhnliches für mich, deswegen habe ich damit jetzt nichts Neues ausprobiert. (Rachel, 15)

8/10 – Ich fand es am besten, im Schneidersitz auf dem Boden zu sitzen. Im Sitzen habe ich in meinem Kopf ein helles Licht gesehen, als wäre Gott direkt vor mir. Das war ziemlich überwältigend und ich habe dann direkt meine Augen aufgemacht und mich nicht mehr konzentriert. Dann war das Gefühl weg.

Ich fand alle Haltungen gut, bis auf das Knien und das Liegen mit dem Gesicht nach unten. Das Sitzen fand ich am besten. Vielleicht lege ich mich beim nächsten Mal auf den Rücken.

Es hat sich irgendwie komisch, aber auch spirituell angefühlt. Ich habe eine Verbindung zum Heiligen Geist gefühlt. (Daniel, 11)

8/10 – Liegen war viel bequemer als Stehen oder Knien. Das hat sich viel ernster angefühlt und ich habe mich dann ein bisschen verletzlich gefühlt, unter so ernsten Umständen zu beten. Wenn ich mich wohlgefühlt habe, fand ich es auch einfacher zu beten. Dann habe ich mich eher wie eine Freundin von Gott gefühlt und nicht, als wäre er ein distanzierter Vater. Es war gut, verschiedene Positionen auszuprobieren. Ich habe so gemerkt, dass es nicht nur eine Art zu beten gibt. (Anna, 16)

DER GEBETS-ERNÄHRUNGS PLAN

Verehren
Bekennen
Danken
Bitten

DIE VIER LEBENSMITTEL-GRUPPEN DES BETENS

Du weißt bestimmt, dass zu einer gesunden, ausgewogenen Ernährung verschiedene Lebensmittel aus unterschiedlichen Lebensmittelgruppen gehören. Um im Glauben gesund zu bleiben, sollte auch unsere Gebets-„Ernährung" ausgewogen sein. Ein beliebtes Modell unterscheidet diese vier „Lebensmittelgruppen" des Betens:

1. Verehren (Gott verehren, in Ehrfurcht vor ihm stehen, ihn preisen)
2. Bekennen (all das zugeben, was an uns nicht perfekt ist, und daran arbeiten, besser zu werden)
3. Danken (Gott für alles danken, was wir sind und haben)
4. Bitten (Gott um das bitten, was wir brauchen, und um Hilfe für uns und andere bitten)

Ein gutes Gebetsleben sollte diese vier Elemente beinhalten. Viele Leute beschäftigen sich hauptsächlich mit Nummer 4 und verschwenden nicht viele Gedanken an 1, 2 oder 3. Aber eine ausgewogene Gebets-„Ernährung" besteht aus allen vier Elementen.

Die nächsten vier Experimente werden sich auf jeweils eines dieser Elemente konzentrieren. Normalerweise solltest du darauf achten, dass du immer alle vier in dein Gebet einbeziehst. Aber jetzt wollen wir uns erst mal jedes Element einzeln anschauen.

1. VEREHREN

Beim Verehren denkt man darüber nach, wie wundervoll Gott ist. Es ist ein bisschen so, als würde man eine schöne Aussicht genießen oder etwas Leckeres essen. Man spricht nicht so viel darüber, wie toll das gerade ist, sondern genießt diese Großartigkeit einfach ganz besonders bewusst.

Was zeigt dir, wie großartig Gott ist? Manche merken das auf dem Gipfel eines hohen Berges oder wenn sie einen wunderschönen Sonnenuntergang, das rauschende Meer oder einen tobenden Sturm betrachten. Vielleicht erfüllen dich wilde Tiere mit Ehrfurcht – oder winzige Insekten oder riesige Menschenmengen. Vielleicht lassen aber auch Aufnahmen von der Erde, vom Weltall oder von Sternen und Planeten dein Herz höher schlagen.

Manche Leute sehen Gottes Schönheit, Erhabenheit und Liebe in der Natur. Andere in menschlicher Kreativität, Liebe oder Großzügigkeit. Vielleicht möchtest du Gott verehren, wenn du Kunst anschaust – vielleicht eine besonders schöne Kirche oder eine gigantische Kathedrale; wenn du Musik hörst, sei es ein Klassik-Solo oder ein Rockkonzert; oder wenn du Bilder, Geschichten oder YouTube-Videos von Hilfsorganisationen siehst, die gegen Hunger, Armut und Leid in der Welt arbeiten.

Auch Erinnerungen an Gottes Geschichte in der Bibel können in dir den Wunsch wecken, Gott zu verehren. Zum Beispiel Bilder von Jesu Geburt auf Weihnachtskarten, Statuen oder Kirchenfenster, die die Kreuzigung zeigen, das leere Grab oder einfach das Hören oder Lesen von Geschichten aus der Bibel. Oder möchtest du Gott immer dann besonders verehren, wenn du mit deiner Familie oder Freund*innen in die Kirche gehst oder bestimmte Lieder singst?

DAS EXPERIMENT

Denk erst mal darüber nach, was dich in Ehrfurcht und Staunen versetzt. Dazu kannst du dir Notizen machen oder sogar eine Mindmap.

Suche ein paar Bilder heraus, die diese Dinge für dich repräsentieren, und bastle eine Verehrungs-Collage. Um eine richtige Collage zu basteln, die du dir an die Wand hängen kannst, suche in alten Zeitschriften, Zeitungen und Katalogen nach Bildern. Du kannst auch online nach Bildern suchen und sie dann ausdrucken. Wenn du möchtest, ergänze sie durch Wörter oder Sprüche. Versuche, eine Mischung zu finden: Wähle ein paar Bilder aus, die dich zum Staunen bringen oder für die du Gott preisen willst, und ein paar, die dich an Eigenschaften von Gott oder Geschichten aus der Bibel erinnern, für die du Gott verehren möchtest.

Wenn du die Collage zusammenstellst, schreibe „Gott, ich verehre dich für …" oder einfach „Verehrung" in die Mitte. Dann kannst du all die Bilder drumherum aufkleben, die dich Staunen, Ehrfurcht und Liebe zu Gott fühlen lassen.

Als Alternative kannst du die Collage auch auf deinem Computer erstellen, die Bilder online suchen und dir eine digitale

Sammlung zusammenstellen. Dann drucke dir die Collage aus oder erstelle eine Präsentation, die du dann mit deinen Freund*innen, deiner Gemeinde oder Jugendgruppe teilen kannst.

Wenn du deine Collage gebastelt oder ausgedruckt hast, häng sie dir an die Wand. So erinnert sie dich immer daran, wie wundervoll Gott ist.

FEEDBACK

Als ich dieses Experiment ausprobiert habe, ...

____

____

So zu beten, war für mich ...

____

____

Am besten daran gefallen hat mir:

____

____

Was ich beim nächsten Mal ändern würde:

Ich gebe diesem Experiment ◯ von zehn Punkten.

NOAHS BEWERTUNG: 7/10

Ich habe eine Präsentation erstellt, weil ich im Internet einfacher Bilder gefunden habe. Eine richtige Collage zu basteln, finde ich irgendwie kindisch. Obwohl es bestimmt auch Spaß macht, so zu tun, als wäre man wieder ein kleines Kind, und Bilder auszuschneiden und aufzukleben. Am Computer fand ich das richtig cool und ich konnte nach so vielen Bildern suchen, wie ich wollte.

Um zu entscheiden, welche Bilder ich benutzen will, musste ich darüber nachdenken, was mich an Gott erinnert. Das passiert, wenn ich merke, dass die Welt so riesig und viel größer ist als ich. Und wenn ich daran denke, was mich glücklich macht.

Ich habe mit Bildern von den Bergen angefangen, weil die so groß und majestätisch sind. Ich war auch schon mal mit den Pfadfindern wandern und habe Gottes Kraft gespürt, als wir auf dem Gipfel angekommen sind. Ich habe mir auch ein Bild von einem Raketenstart ausgesucht, weil es ein riesen Durchbruch für die Menschheit war, ins All zu fliegen. Das finde ich immer noch total krass. Dann habe ich noch verschiedene Bilder von der Natur ausgesucht und ein Bild von unserer Katze, weil Katzen einfach die besten Tiere sind. Und Gott hat sie ja gemacht! Zum Schluss habe ich noch ein Bild von einem Weihnachtsbaum ausgesucht. Weihnachten soll einen an Gott erinnern, aber die meisten Leute vergessen die eigentliche Bedeutung von Weihnachten. Ein Bild von einem Weihnachtsbaum hat mich daran erinnert, wie toll Weihnachten ist, aber auch, wie schnell Gott vergessen wird.

WAS SAGEN ANDERE TESTER*INNEN?

10/10 – Ich habe eine Collage von all den Sachen gebastelt, für die ich Gott verehre: meine Familie, Tiere, meine Freunde, alles mögliche, was man essen kann, ganz viele verschiedene Farben, Natur, Hügel und Berge. Dadurch habe ich dann ein bisschen über die Sachen nachgedacht. Ich nehme sie nämlich meistens als selbstverständlich. Ich habe über all die guten Dinge nachgedacht, die Gott für uns getan hat, und über alles, was er erschaffen hat. Ich gebe diesem Experiment 10 von 10 Punkten, weil man die Collage hinterher behalten kann. Und wenn man sie sich dann wieder anschaut, erinnert sie einen an alle Sachen, für die man beten kann. (Daisy, 13)

7/10 – Ich habe eine Collage von Sachen gemacht, die ich schön, unglaublich oder erstaunlich finde. Erst ist mir nicht so viel eingefallen, aber ich glaube, die Sachen, die ich dann ausgesucht hab, erinnern mich am meisten daran, wie unglaublich Gott ist. Es hat echt Spaß gemacht, die Collage zu basteln und darüber nachzudenken, welche Bilder ich benutzen könnte. (Emily, 17)

9/10 – Ich habe eine digitale Collage gemacht und dafür verschiedene Gebiete auf der Erde gegoogelt. Jedes Gebiet ist einzigartig und die Menschen haben ganz verschiedene Bedürfnisse, je nachdem, wo sie leben. Ich habe mir auch Bilder von der Natur angeguckt und darüber nachgedacht, dass kein Baum so ist wie der nächste und dass auch Regenbögen immer anders aussehen. Ich finde gut, wie einzigartig alles ist. Das nächste Mal könnte ich mir noch andere Gründe überlegen, warum Gott so wundervoll ist. (Emma, 11)

10/10 – Zuerst habe ich eine digitale Collage mit Google-Bildern gemacht. Das hat nicht so gut geklappt, weil ich abgelenkt wurde und dann eher eine Collage von Sachen gemacht habe, die mich glücklich machen, und nicht von Sachen, die mich über Gott nachdenken lassen. Ich habe die Collage dann „Verehrung (was mich glücklich macht)" genannt. Da waren Bilder von Babykatzen, Schokolade, Ziegen und einer schönen Berglandschaft dabei. Auf einem der Ziegen-Fotos stand: „Hör auf mit dem, was du gerade tust, und schau dir diese glückliche Ziege an." Das habe ich in die Mitte meiner Collage gepackt! Als ich fertig war, habe ich mit meiner Mama noch mal die Anleitung gelesen und gedacht, dass ich vielleicht was hätte anders machen sollen. Ich habe dann an Bilder von riesigen Wellen, Bergen, Blumen und Katzen gedacht. Und ich bin auch auf die Metapher „Uhr auf dem Boden" gekommen, über die wir im Religionsunterricht gesprochen haben. Wenn jemand eine Uhr einfach so auf dem Boden findet, ist sie da nicht einfach so hingekommen. Jemand muss sie ja gemacht haben. Und so ist das auch mit der Welt, die ist nicht einfach so da. So zu beten, finde ich ziemlich nützlich. (Hazel, 13)

2. BEKENNEN

Die zwei Bedeutungen von Bekennen

Bekennen hat im Christentum zwei verschiedene Bedeutungen. Die erste kennst du wahrscheinlich am besten: zugeben, was du falsch gemacht hast. Normalerweise entschuldigt man sich dabei und verspricht, es nicht noch mal zu machen. Aber wir wissen alle, dass wir dieses Versprechen ganz oft nicht halten. Viele Gottesdienste bei uns enthalten ein Schuldbekenntnis. Das bedeutet, dass die ganze Kirchengemeinde Gott um Verzeihung dafür bittet, dass wir nicht so leben, wie es die Bibel und Jesus für uns vorgesehen haben.

Die zweite Bedeutung von Bekennen heißt wieder, etwas zuzugeben. Aber dieses Mal geht es um unseren Glauben. Dieses Bekennen bedeutet, dass wir zu dem stehen, was wir glauben. In vielen Kirchen stehen wir dazu wirklich auf, wenn wir das Credo im Gottesdienst sprechen (der Name kommt vom lateinischen Wort *credo*, was „Ich glaube" bedeutet). Wir können aber auch mit anderen Worten unseren Glauben bekennen, zum Beispiel mit einer kurzen Zusammenfassung davon, was die Kirche über Gott glaubt.

Das Bekennen ist das zweite Element des Gebets-Ernährungsplans. Ein Bekenntnis machen wir allein schon durch die Tatsache, dass wir beten. Dadurch bekennen wir uns dazu, dass wir glauben – dass es einen Gott gibt, der zuhört und unsere Gebete erhört. In unseren persönlichen Gebeten sprechen wir nicht oft so etwas wie ein „Glaubensbekenntnis". Aber schon seit die Menschen mit dem Beten angefangen haben, war das Bekennen unserer Sünden immer ein wichtiger Teil des Gebets.

Beten, um die Zukunft zu ändern

Gott weiß natürlich von allem, was wir tun und getan haben. Wenn wir es zugeben, weihen wir Gott also nicht in ein Geheimnis ein, das wir sonst einfach für uns behalten könnten. Es ist nicht so, als würdest du deiner Mama gegenüber zugeben, dass du die Tasse zerbrochen hast, wenn sie denkt, dass es die Katze war. Aber Gott sieht es gerne, wenn wir zugeben, was wir falsch gemacht haben. (Auch deine Mama wird es sicher gut finden, wenn du ehrlich bist, selbst wenn sie schon wusste, dass du die Tasse kaputt gemacht hast.)

Wenn wir nicht dazu stehen, was wir falsch machen, können wir auch nichts daran ändern. Für Christ*innen ist die „Buße" hier der wichtigste Gedanke. Dabei geht es nicht nur darum, unsere Fehler zu bekennen, sondern uns auch aktiv darum zu bemühen, sie nicht noch einmal zu machen. Wenn wir denken – oder so tun –, dass nichts falsch daran ist, wie wir unser Leben leben, dann sagen wir gleichzeitig, dass wir auch nichts daran ändern wollen. Manchmal wollen wir Dinge nicht zugeben, weil wir uns dafür schämen oder weil sie uns peinlich sind. Aber wenn wir es schaffen, regelmäßig die Dinge zu bekennen, die nicht perfekt laufen, dann können wir uns auf die Veränderungen konzentrieren, die wir gern umsetzen möchten.

Selbst für die Menschen, die keine Christ*innen sind, ist das ein wichtiger Teil des Lebens. Keine Sportlerin wird die Beste, indem sie entscheidet, dass sie einfach so gut ist, dass sie nichts für ihren Erfolg tun muss. Kein Musiker wird sein Instrument richtig gut beherrschen, wenn er entscheidet, dass er der Beste ist, und aufhört zu üben. Und das Gleiche gilt auch für unser Leben.

Wenn du für dich betest und dabei bekennst, ist es wichtig, daran zu denken, dass Bekennen und Gottes Vergebung zusammengehören. Christ*innen glauben, dass Jesus mit seinem Tod am Kreuz alle Schuld der Welt für uns auf sich genommen hat. Durch seinen Tod können wir sicher sein, dass Gott uns schon vergeben hat. Wir bekennen nicht, weil Gott uns sonst nicht lieben würde: Er liebt uns, egal was wir tun. (Ein Warnhinweis: Manche Leute tun sich schwer damit, die Vergebung anzunehmen, und fühlen sich andauernd schuldig. Wenn dir das passiert oder wenn du ständig denkst, dass Gott dir nicht vergibt, dann sprich bitte mit jemandem darüber, dem du vertraust. Das kann zum Beispiel jemand aus der Kirche sein, vielleicht eine Pfarrerin oder ein Jugendleiter.)

DAS EXPERIMENT

Sammle ein paar Steine. Sie müssen nichts Besonderes sein, nimm einfach welche aus dem Garten oder einem Park. Du brauchst mindestens drei, es dürfen aber auch sechs oder sieben sein. Hol dir eine Schüssel mit Wasser und lege die Steine daneben.

Setz dich hin und nimm den ersten Stein in die Hand. Du kannst einfach irgendeinen nehmen oder einen, der für dich irgendwie das widerspiegelt, was du bekennen möchtest. Vielleicht ist er zerklüftet oder kaputt, groß oder klein, hell oder dunkel? Halte ihn in der Hand und denke an etwas, was in deinem Leben nicht so gut läuft. Gib es zu. Dann leg den Stein ins Wasser. Damit übergibst du ihn Gott und musst sein Gewicht nicht mehr tragen. Und er wird reingewaschen.

Nimm den nächsten Stein und denk an etwas anderes, was nicht so gut läuft. Wiederhole das so oft, wie es sich für dich richtig anfühlt. Wenn du fertig bist, kannst du „Amen" sagen oder einfach dieses traditionelle Gebet sprechen: „Herr, erbarme dich. Christus, erbarme dich. Herr, erbarme dich."

Wenn du nicht so leicht an Steine kommst, kannst du die Dinge, die du bekennen möchtest, auch auf ein Stück Papier schreiben und beobachten, wie es sich im Wasser auflöst und wie die Schrift verschwimmt.

FEEDBACK

Als ich dieses Experiment ausprobiert habe, ...

____

____

So zu beten, war für mich ...

____

____

Am besten daran gefallen hat mir:

Was ich beim nächsten Mal ändern würde:

Ich gebe diesem Experiment ___ von zehn Punkten.

NOAHS BEWERTUNG: 7/10

Ich fand das Experiment echt gut. Mir die Steine genau anzugucken und die auszusuchen, die repräsentiert haben, was ich so ausdrücken wollte, war sehr sinnvoll. Der erste Stein, den ich mir ausgesucht habe, liegt sowieso immer auf meinem Schreibtisch. Auf ihm steht „Freude" und ich habe ihn in das Wasser gelegt und mich dafür entschuldigt, dass ich nicht immer so fröhlich bin, wie ich sein könnte und sein sollte.
Als zweites habe ich den kleinsten Stein genommen, den ich finden konnte. Ich fühle mich nämlich oft ziemlich groß und wichtiger als andere Leute. Ich weiß, dass das falsch ist (und

ich bin mir sicher, dass nicht nur ich so denke!). Also habe ich mir einen ganz kleinen Stein ausgesucht, um anzuerkennen, dass ich in Wirklichkeit echt klein bin, wenn man es mal mit dem Rest der Schöpfung vergleicht. Dann hatte ich noch einen Stein, der ganz rau war. Mit dem habe ich mich dafür entschuldigt, dass ich meinen Ärger manchmal an anderen Leuten auslasse, zum Beispiel an meinem kleinen Bruder. Und mit dem letzten Stein habe ich mich dafür entschuldigt, dass ich mich oft nicht so richtig für Sachen anstrenge.

Die Steine ins Wasser zu legen, hat auch echt was gebracht. In meiner Schüssel war nicht so viel Wasser, deswegen musste ich die größeren Steine darin drehen, damit sie ganz nass wurden. Das hat sich angefühlt, als würde Gott sie mit mir waschen. Ich wusste, dass diese Sachen falsch sind, und habe sie so weggespült.

WAS SAGEN ANDERE TESTER*INNEN?

10/10 – Ich habe nur einen Stein benutzt und fand das schon echt wirkungsvoll. Der Stein war schwer und kalt und so konnte ich mir gut meine Sünden oder Sachen, die ich falsch gemacht habe, vorstellen.

Den Stein ins Wasser zu legen war, als würde man sich von seinen Sünden reinwaschen. Das hat mir echt gefallen. Und das Geräusch, als der Stein auf den Boden getroffen ist, war echt super. Das war so ein lautes „Klonk". Dabei habe ich daran gedacht, dass die Sünden zwar schwer sind, aber dass man sie losgelassen hat und sie jetzt zum Boden der Schüssel gesunken sind.

Wir haben das auch mit einer Gruppe gemacht und dabei eine durchsichtige Schüssel benutzt und ein paar Kerzen dahinter gestellt. Das war super, weil man so genau sehen konnte, wie die Steine gewaschen wurden. Das Wasser sah richtig rein aus und das Kerzenlicht hat sich darin reflektiert. Das hat das Ganze noch betont. Wir haben darüber gesprochen, ob es besser oder schlechter wirken würde, wenn wir eine dunkle Schüssel und schwarzgefärbtes Wasser nehmen würden. Dann würden die Steine komplett darin verschwinden. Aber ich mag das klare Wasser lieber. (Emily, 17)

7/10 – Das hat echt gut funktioniert. Ich mochte es, mir die Dinge vorzustellen, die mich bedrücken, und sie dann mit den Steinen zu verbinden. Ich glaube aber ehrlich gesagt nicht, dass das Wasser unbedingt nötig war. Es hätte gereicht, die Steine einfach wegzulegen und sie so loszulassen. (Luke, 16)

10/10 – Bestnote für die Wirksamkeit. Wir haben Papier benutzt, auf die wir die Sachen geschrieben haben, und keine Steine. (Konfirmand*innengruppe der Blackburn Cathedral)

10/10
– Echt friedlich.
– Es war gut, darüber nachzudenken, was wir bekennen wollten.
– Sehr gut zum Reflektieren.
(Mitglieder von „Encounter“, All Saints Church, High Wycombe)

3. DANKEN

Mehr als nur Höflichkeit

Erinnerst du dich noch, wie es war, wenn du als Kind Dinge geschenkt bekommen hast? Geburtstags- und Weihnachtsgeschenke oder ein paar Süßigkeiten, einfach so? Vielleicht kannst du dich auch daran erinnern, dass dir dann von Erwachsenen zugeraunt wurde: „Sag Danke!"

Bitte und Danke zu sagen gehört zu der Höflichkeit, die uns in der Kindheit beigebracht wird.

Komischerweise kann es beim Beten aber ein Problem sein, wenn man höflich ist. Wir sagen Gott ja nicht aus den gleichen Gründen Danke wie unseren Mitmenschen. Wir bedanken uns nicht bei ihm, um höflich zu sein oder damit Gott sich besser fühlt. Wir sagen Gott Danke, weil es etwas mit uns macht. Damit tun wir nämlich zwei wichtige Dinge:

1. Wir entscheiden uns, die guten Dinge in unserem Leben mit Dankbarkeit zu betrachten und nicht nur auf das Schlechte zu schauen.
2. Wir bekennen, dass alles, was wir haben, von Gott kommt.

Schauen wir uns doch mal an, was das genau bedeutet. Wir entscheiden uns dafür, uns auf das Gute zu konzentrieren. Wenn wir das tun und nicht nur das Schlechte beachten, geht es uns meistens schon viel besser. Das heißt aber nicht, dass wir die schlechten Dinge im Leben komplett ignorieren sollten. Schließlich sind manche Dinge wirklich falsch und müssen verändert werden. Aber selbst in den schlimmsten Situationen können wir manchmal noch etwas Gutes finden, für das wir Gott danken möchten.

Wenn wir Gott für all die guten Dinge danken, die wir von ihm erhalten haben, dann erkennen wir auch an, dass alles von Gott kommt. Das ist aus mindestens zwei Gründen sehr wichtig. Es heißt, dass wir Gott als Schöpfer anerkennen, als Ursprung allen Lebens, beginnend mit dem Urknall. Indem wir ihm danken, drücken wir also unseren Glauben aus. Und wir erkennen an, dass uns all die guten Dinge nicht einfach zustehen, sondern Geschenke sind. Selbst die Dinge, die wir erreicht oder uns verdient haben, können wir nur wegen unserer Charaktereigenschaften, unseres Talents und unserer Begabungen erreichen, die uns von Gott geschenkt wurden und mit denen wir zur Welt gekommen sind. Außerdem hängt auch alles mit den Lebensumständen zusammen, in die wir hineingeboren wurden. Wie viel hätten wir erreichen können, wenn wir vor mehreren hundert Jahren geboren oder nie zur Schule gegangen wären?

Gott zu danken heißt also, dass wir erkennen, wie beschenkt wir sind, aber uns auch in Demut üben. Gott für seine Geschenke Danke zu sagen hilft uns dabei, uns immer mehr als reich beschenkte und von Gott geliebte Menschen zu sehen. Gleichzeitig wird uns klar, dass wir nicht besonderer sind oder mehr von Gott geliebt werden als alle anderen.

DAS EXPERIMENT

Weil es all diese Bedeutungen hat, ist das Dankesagen ein wichtiger Teil des christlichen Betens. Aber es kann auch schnell passieren, dass man immer wieder das Gleiche sagt, und dann wird es langweilig. Viele Leute wissen gar nicht so richtig, wofür sie sich bedanken sollen. Oder sie wiederholen sich und danken Gott immer wieder für die gleichen offensichtlichen Dinge.

Damit du dich beim Beten auf das Dankesagen konzentrieren kannst, versuche es mal mit einem Glas der Dankbarkeit.

1. Nimm dir ein leeres, sauberes Einmachglas und entferne das Etikett – oder nimm eine Schüssel oder eine Schale.
2. Schneide ein paar Stücke Papier in Streifen. (Buntes Papier ist besonders toll, wenn du ein Glas benutzt.)
3 Schreibe auf jeden Streifen Papier etwas, wofür du dankbar bist, und pack die Streifen dann in das Glas. Bewahre noch ein paar Streifen ohne Beschriftung beim Glas auf. Wenn du beim nächsten Mal an etwas Neues denkst, wofür du danken willst, kannst du es aufschreiben und auch ins Glas stecken.
4. Bewahre dein Glas der Dankbarkeit an einem sicheren Ort auf, wo du es dir regelmäßig anschauen kannst – vielleicht auf deiner Fensterbank, auf dem Nachttisch oder in einer Gebetsecke mit anderen Gebetsgegenständen, die du vielleicht hast. Wenn du betest, nimm dir ein paar der Zettel und danke Gott für die Dinge, die darauf stehen. Du kannst auch neue Zettel hinzufügen, wenn dir noch etwas einfällt. So bringst du etwas Abwechslung in deine Gebete und stellst dir nach und nach eine Sammlung von Dingen zusammen, für die du dankbar bist.

FEEDBACK

Als ich dieses Experiment ausprobiert habe, …

So zu beten, war für mich …

Am besten daran gefallen hat mir:

Was ich beim nächsten Mal ändern würde:

Ich gebe diesem Experiment ___ von zehn Punkten.

NOAHS BEWERTUNG: 8/10

Ich habe recht kleine Papierstreifen abgeschnitten und Sachen aufgeschrieben, für die ich dankbar bin, die Zettel dann zusammengefaltet und ins Glas getan. Das Glas habe ich auf den Schrank neben meinem Bett gestellt. Am Abend habe ich einen Zettel rausgenommen und dafür gebetet, bevor ich schlafen gegangen bin.

Am nächsten Tag sind mir noch mehr Sachen eingefallen und ich habe sie auch aufgeschrieben. Dann habe ich mir ein paar Zettel genommen, um damit zu beten. Auf den Zetteln stand „Danke, dass du mich vor Krieg schützt", „Danke für meine liebe Familie" und „Danke für mein schönes Leben". Ich habe einen Zettel nach dem anderen aufgefaltet und dann direkt für die Sache gebetet. Zuerst habe ich mich für die Sachen bedankt und dann für Leute gebetet, die nicht so viel Glück haben wie ich oder die diese Sache nicht haben.

Das war so ein bisschen wie ein Lostopf und ich musste mir keine Gedanken machen, worüber ich jetzt beten sollte. Wenn ich sonst bete, bete ich meistens für ganz allgemeine Sachen. So konnte ich jetzt auch mal für Dinge beten, die mir geschenkt wurden. Das ist eine richtig gute Idee und ich will damit weitermachen. Vielleicht werde ich ein paar der Zettel wieder rausnehmen, wenn ich schon oft für sie gebetet habe, oder auch neue reinpacken, wenn mir neue Sachen einfallen. Man könnte sogar zwei Gläser nehmen und in einem die Sachen zum Bedanken sammeln und im anderen die Sachen, um die man Gott bitten will. Vielleicht mache ich das mal und nehme dann verschiedenfarbiges Papier für jedes Glas.

WAS SAGEN ANDERE TESTER*INNEN?

9/10 – Ich habe ein Glas mit Pergamentpapier dekoriert und auf zehn bunte Zettel Sachen geschrieben, für die ich mich bedanken will. Das Glas habe ich auf die Fensterbank in meinem Zimmer gestellt. Bei diesem Experiment hatte ich Mitleid mit den Leuten, die nicht all das haben, was ich so habe. Ich habe zum Beispiel an Leute gedacht, die kein Essen oder kein Wasser haben. Ich fand es gut, aufgeschriebene Erinnerungen daran zu haben, wofür ich dankbar bin. (Emma, 11)

7/10 – Ich habe ein Blatt Papier genommen und ein paar Stifte und dann habe ich aufgeschrieben, wofür ich dankbar bin. Das Blatt habe ich dann in schmale Streifen geschnitten, die zusammengefaltet und in ein kleines Glas getan. Ich habe zum Beispiel meine Freunde, Familie und das Internet aufgeschrieben, weil ich damit mit Leuten in Kontakt treten kann. Und Lachen, weil ich gerne lache. Das macht mich glücklich. Insgesamt hatte ich so 15 oder 20 Sachen.

Ich habe Gott für jede Sache gedankt, als ich die Zettel zusammengefaltet und ins Glas gesteckt habe. Und ich habe Gott darum gebeten, mir mehr von den Dingen zu geben oder sie zu schützen. Ich habe noch nicht mehr Zettel ins Glas getan, aber das mache ich bestimmt irgendwann mal, wenn was Neues passiert. Das Glas steht jetzt auf meinem Nachttisch. Wenn ich es sehe, erinnert es mich an alle guten Dinge in meinem Leben. (Reuben, 13)

8/10 – Ich habe das zusammen mit einer Freundin gemacht. Zuerst haben wir überlegt, wofür wir so dankbar sind, und haben die Sachen dann alle auf Papierstreifen geschrieben, um sie in das Glas zu tun. Ich habe zum Beispiel aufgeschrieben: „Ich bin dankbar für Musik“, „Ich bin dankbar für meine Familie“, „Ich bin dankbar für die Luft zum Atmen“, „Ich bin dankbar für meine Sinne“, „Ich bin dankbar für Akzeptanz“.

Beim Überlegen, was ich so aufschreiben will, habe ich mich ziemlich inspiriert gefühlt und auch dankbar.

Als wir mit den Gläsern fertig waren, haben wir sie neben unsere Betten gestellt und seitdem macht mich mein Glas immer ganz dankbar, wenn ich es sehe. Also mehrmals am Tag. Dafür muss ich es nicht mal aufmachen und die Zettel durchlesen. Es reicht schon, das Glas zu sehen, um mich an all die Dinge zu erinnern, die ich aufgeschrieben habe.

Ich finde es gut, dass ich mit der Zeit noch mehr Zettel hinzufügen kann. Ich würde auf jeden Fall empfehlen, das Experiment mal auszuprobieren. Ich habe mich dadurch sehr dankbar und mit Gott verbunden gefühlt. (Jasmine, 14)

4. BITTEN

Das Bitten (auch Fürbitte genannt) ist das letzte Element des Gebets-Ernährungsplans. Diese Art von Gebet kennst du wahrscheinlich am besten. Für viele Leute heißt Beten hauptsächlich, Gott um Dinge zu bitten. Zum Beispiel, dass er sich um Menschen kümmert oder dass er in schwierige Situationen eingreift.

Während der meisten Gottesdienste gibt es Fürbitten. Dabei werden die Sorgen und Anliegen der Gemeinde an Gott gerichtet. Da geht es meistens um Hilfe für die Kirche und die Welt, Schutz vor Leid und Segen für die Menschen, die gestorben sind oder gerade sterben, und für ihre Familien.

Gott um das bitten, was du dir wünschst

Manche Menschen kritisieren solche Gebete oder schauen auf sie herab, als wären sie nur ein Wunschzettel, den man an eine Art kosmischen Weihnachtsmann verschickt. Gott nur um Dinge zu bitten, wäre auch wirklich sehr eingeschränktes Beten. Aber Jesus hat die Menschen gelehrt, dass sie Gott um Dinge bitten sollen. Eins der Gleichnisse (Geschichten mit tieferem Sinn), die Jesus erzählt hat, ist das Gleichnis von der bittenden Witwe:

„In einer Stadt lebte ein Richter, dem Gott und die Menschen gleichgültig waren. In derselben Stadt lebte auch eine Witwe. Diese bestürmte ihn Tag für Tag mit ihrer Not: ‚Verhilf mir doch endlich zu meinem Recht!' Lange Zeit stieß sie bei ihm auf taube Ohren, aber schließlich sagte er sich: ‚Mir sind zwar Gott und die Menschen gleichgültig, aber diese Frau lässt mir

einfach keine Ruhe. Ich muss ihr zu ihrem Recht verhelfen, sonst wird sie am Ende noch handgreiflich.'" Und Jesus, der Herr, erklärte dazu: „Ihr habt gehört, was dieser ungerechte Richter gesagt hat. Wenn schon er so handelt, wie viel mehr wird Gott seinen Auserwählten zum Recht verhelfen, die ihn Tag und Nacht darum bitten! Wird er sie etwa lange warten lassen?" (Lukas 18,2-7)

Jesus hat auch die Zeile „Unser täglich Brot gib uns heute" in das Vaterunser eingebaut, also in das Gebet, das er seine Jünger lehrte, als die ihn fragten, wie sie beten sollten.

Es muss uns also nicht unangenehm sein, Gott um unsere Wünsche und Träume zu bitten. Im Gegenteil: Bitten sollten regelmäßig in unseren Gebeten vorkommen.

Genau wie beim Danken heißt auch Gott um Hilfe zu bitten viel mehr, als man auf den ersten Blick meinen könnte. Zum Beispiel:

- Wir geben zu, dass wir nicht alles alleine schaffen können. Es gibt viele Situationen in der Welt und auch in unserem Umfeld, in denen wir uns hilflos fühlen. Wir glauben, dass wir nichts daran ändern können, und sind trotzdem davon überzeugt, dass etwas getan werden muss. Wenn wir Gott um Hilfe bitten, erkennen wir an, dass es Grenzen für unser eigenes Wirken gibt.
- Wir öffnen uns trotzdem für die Möglichkeit, dass wir vielleicht etwas dazu beitragen müssen, um der Lösung näherzukommen. Wenn wir Gott um Hilfe in einer Situation bitten, sollten wir danach genau hinhören. Vielleicht hören wir ja, was wir tun können. In dieser Art von Gebet melden wir uns

freiwillig als Gottes helfende Hände, wenn es um Veränderungen geht.

– Zu bitten heißt auch, den eigenen Glauben an Gott zu bekennen. Wenn wir ihn darum bitten, dass er in eine Situation eingreift, sagen wir, dass wir seiner Macht vertrauen. Das heißt nicht, dass wir immer ein Wunder erwarten, wenn wir beten. Aber wir öffnen unsere Herzen für die Möglichkeit, dass Gottes Macht die Welt verändert. Wenn wir Gott regelmäßig um Hilfe bitten, entwickeln wir eine hoffnungs- und erwartungsvolle Haltung.

Worum soll ich bitten?

Es ist okay, um alles zu bitten, was dir so in den Sinn kommt! Die Bibel ist voller Beispiele dafür. Da bitten die Leute um alle möglichen Dinge, die sie wollen. Das sind gute Dinge wie Essen, Wasser oder Gerechtigkeit, aber auch Schlechtes wie Rache.

Du darfst einfach ehrlich sein. Erzähle Gott, was du fühlst, woran du verzweifelst, was du mehr als alles andere in der Welt willst. Der christliche Glaube besagt, dass Gott sowieso schon weiß, was du denkst. Da kannst du auch gleich ehrlich sein! Gott wird nicht besser von dir denken, wenn du deine wahren Gefühle und Sehnsüchte versteckst. Und du kannst Gott vertrauen. Er weiß genau, wenn etwas nicht gut für dich ist, obwohl du es dir wünschst, und wird so liebevoll wie möglich handeln.

Aus der Bibel wissen wir, dass Gott eingreifen kann, um Dinge zu verändern. Wir wissen aber auch, dass Wunder ziemlich selten passieren. Es kann nicht schaden, für Dinge zu beten, die dir unmöglich erscheinen. Aber mach dich darauf gefasst, dass deine Gebete vielleicht auf eine andere Art erhört werden, als du erwartest oder es dir wünschst. Zum Beispiel wird nicht jede kranke Person, für die wir beten, wieder gesund. Alle Menschen sterben irgendwann. Aber selbst dann können wir darauf vertrauen, dass Gott unsere Gebete erhört und den Menschen hilft, in Frieden zu sterben und nach ihrem Tod bei ihm zu sein. So tröstet er die trauernden Hinterbliebenen.

DAS EXPERIMENT

Damit dir klar wird, worum du Gott bitten kannst, bastle einen Gebetsbaum.

1. Sammle ein paar Zweige und stelle sie in eine Vase oder ein leeres Einmachglas. Du kannst auch eine relativ stabile Topfpflanze nehmen oder einen Schmuckbaum.
2. Besorge dir ein paar Notizzettel, die du an die Zweige hängen kannst. Du kannst zum Beispiel Geschenkanhänger nehmen, an denen schon ein Bändchen zum Aufhängen dran ist. Oder du benutzt einfach Zettel, die du sogar in Blattform zurechtschneiden kannst. Mach mit einem Locher oder einem spitzen Bleistift Löcher in die Zettel und befestige Bändchen aus Faden, Wolle oder Geschenkband daran, damit du sie aufhängen kannst.
3. Schreibe jede Situation oder die Namen der Personen auf, für die du Gott um Hilfe bitten willst. Häng die Zettel an den Baum und mach dir bei jedem Zettel bewusst, dass du gerade deine Sorgen an Gott weitergibst. Stell den Baum dann irgendwo in dein Zimmer.

Vielleicht möchtest du jeden Tag die Zettel durchgehen und damit beten, vielleicht auch einmal die Woche. Du kannst jederzeit neue Zettel hinzufügen. Wenn du für einen irgendwann nicht mehr beten musst, kannst du ihn wieder vom Baum abnehmen.

Die Gebete, die für dich erhört worden sind, kannst du in einer Box aufbewahren. Wenn du immer neue Zettel an den Baum hängst, kann die Box zu einer tollen Sammlung von erhörten Gebeten werden.

FEEDBACK

Als ich dieses Experiment ausprobiert habe, ...

____

____

So zu beten, war für mich ...

____

____

Am besten daran gefallen hat mir:

____

____

Was ich beim nächsten Mal ändern würde:

Ich gebe diesem Experiment ___ von zehn Punkten.

NOAHS BEWERTUNG: 9/10

Ich fand das Experiment richtig gut, weil ich so viel selbst machen konnte. Ich konnte die Zweige sammeln und den Baum selber bauen. Das war auch sehr persönlich. Wenn ich das Experiment noch mal machen würde, würde ich mir vielleicht noch mehr Gedanken darüber machen. Ein Baum hat ja die Bedeutung, dass er Menschen Leben schenkt, weil er Sauerstoff abgibt. Deswegen passt es auch gut, einen Gebetsbaum zu basteln und für Leute zu beten.

Ich habe kleine Anhängeschildchen gebastelt, Löcher reingemacht und sie mit Wolle an den Baum gehängt. Auf jedes habe ich ein kleines Bild gemalt oder den Zettel in eine bestimmte Form geschnitten. Das hat dann immer symbolisiert, wofür ich gebetet habe. Die Sachen habe ich dann auf die Rückseite geschrieben. Ein Zettel stand für eine Katastrophe, die vor Kurzem passiert war. Ich habe ein Bild dazu gemalt und auf die Rückseite geschrieben, dass ich für die Menschen bete, die ihre Familie verloren haben. Einen anderen habe ich in die Form eines Blattes geschnitten und damit für meine Geschwister gebetet.

Als ich die Gebete an den Baum gehängt habe, hat sich das ein bisschen so angefühlt, als würde ich den Leuten wirklich Leben und Hoffnung geben. Es war, als wäre Gott irgendwie in dem Baum und würde sich die Menschen ansehen und mit mir für sie beten.

WAS SAGEN ANDERE TESTER*INNEN?

9/10 – Ich habe für das Experiment einen kleinen Baum in einem Blumentopf benutzt und ein paar Post-Its. Ich habe die Gebete auf die Post-Its geschrieben und sie an die Blätter des Baums geklebt. Dabei habe ich mir gedacht, dass es heißt, dass die Gebete erhört werden, wenn die Zettel vom Baum fallen.

Ich fand das gut, weil ich Sachen aufschreiben konnte, die ich brauche oder mir gewünscht habe, und es hat dabei noch Spaß gemacht. Zuerst wusste ich nicht, wofür ich beten sollte, aber dann habe ich dafür gebetet, dass ein Krieg aufhört, der gerade andauernd in den Nachrichten ist. Und dass arme Menschen etwas zu essen bekommen.

Ich habe gefühlt, dass Gott meine Gebete gehört hat. Wenn ich das noch mal mache, benutze ich vielleicht eher Fäden und Zettel, um die Gebete an den Baum zu hängen. Dann fallen sie auch nicht ab. Aber wenn ich denke, dass meine Gebete erhört wurden, würde ich sie wieder abnehmen. (Daniel, 11)

2/10 – Ich habe versucht, einen Gebetsbaum zu basteln, aber das hat zuerst nicht so gut geklappt. Es hatte ziemlich doll geregnet und die Zweige waren deswegen ziemlich nass. Die Erde in dem Blumentopf war ganz fest, weswegen ich die Zweige schlecht reinstecken konnte. Als ich endlich fertig war, hat es mir beim Beten nicht wirklich geholfen, weil ich eher von dem Klumpen Matsche vor mir abgelenkt war. (Callum, 15)

9,5/10 – Das war eins meiner liebsten Experimente. Ich fand es toll, dass man so aktiv sein konnte. Ich habe Zweige gesammelt und sie in ein Glas gestellt. Dann habe ich Blätter aus Papier ausgeschnitten, um sie an die Zweige zu hängen. Das fand ich für kreative Menschen besonders gut geeignet. Ich wollte meine Zettel in Blätterform machen, weil ich ganz viele verschiedene Blätterformen ausschneiden konnte. So wurde es viel interessanter. Es hat Spaß gemacht, die Zettel zu dekorieren, und der Baum sieht echt schön aus. Ich habe zum Beispiel für Kriege gebetet oder für Leute, die ich kenne und die gerade schwere Zeiten durchmachen.

Einen Gebetsbaum zu basteln war interessant, weil es was mit der Natur zu tun hatte und man viel ausprobieren konnte. Das hat echt Spaß gemacht. Die einzelnen Blätter zu basteln hat mir geholfen, mich auf die einzelnen Gebetsanliegen zu konzentrieren. Ich habe mich dann nicht so leicht ablenken lassen.

Ich mache das auf jeden Fall noch mal und hänge dann bestimmt noch mehr Blätter auf. Vielleicht schaue ich dann mal die Nachrichten an, damit mir noch mehr Sachen einfallen, für die ich beten kann. (Jasmine, 14)

DAS VATER UNSER

Das Gebet, das uns Jesus lehrte

Wenn du Schwierigkeiten mit dem Beten hast, mach dir keine Sorgen: Auch die ersten Anhänger Jesu wussten nicht so richtig, wie sie das machen sollten! Was sie an Jesus besonders komisch fanden, war, dass er oft wegging, um alleine zu beten (zum Beispiel in Markus 1,35-37).

Die Jünger wollten von Jesus das Beten lernen und er brachte ihnen die Kurzversion des Gebets bei, das wir heute als das Vaterunser kennen. In den verschiedenen Berichten von damals gibt es leicht unterschiedliche Versionen davon (die kannst du in Matthäus 6,9-13 und Lukas 11,1-4 nachlesen). Meistens benutzen wir heute diese Version:

Vater unser im Himmel,
geheiligt werde dein Name.
Dein Reich komme.
Dein Wille geschehe,
wie im Himmel, so auf Erden.
Unser tägliches Brot gib uns heute.
Und vergib uns unsere Schuld,
wie auch wir vergeben unsern Schuldigern.
Und führe uns nicht in Versuchung,
sondern erlöse uns von dem Bösen.
Denn dein ist das Reich
und die Kraft und die Herrlichkeit
in Ewigkeit. Amen.

Das Vaterunser benutzen

Wir wissen heute nicht, wie Jesus diese Worte verwendet haben wollte. Meinte er, dass wir genau diese Worte sagen sollen? Oder meinte er, dass man beim Beten an diese Themen denken sollte? Das wissen wir nicht. Aber wir sprechen das Vaterunser in fast jedem Gottesdienst und viele Christ*innen benutzen es jeden Tag als Teil ihrer eigenen Gebete. Es ist oft das erste Gebet, das man Kindern beibringt, und viele sind der Meinung, dass jeder Christ es auswendig können sollte.

Die bekannten Worte des Vaterunsers sind ein guter Start oder ein gutes Ende für ein Gebet. Es jeden Tag zu sprechen ist auch eine gute Idee. Das kann Sicherheit geben, wenn man nicht so richtig weiß, was man sagen soll.

DAS EXPERIMENT

Man kann das Vaterunser auch anders verwenden:
Denk es dir mal als eine Reihe von Überschriften oder Stichpunkten. So kannst du sichergehen, dass du in deinen Gebeten an alle wichtigen Dinge gedacht hast. Geh es langsam durch, Vers für Vers. Bete für das, was der Vers für dein Leben bedeutet, und für Dinge, die damit zusammenhängen und dir Sorgen bereiten. Denke eine oder zwei Minuten über jede Zeile nach und was sie für dich bedeutet. Es ist nicht schlimm, wenn manche Zeilen mehr Bedeutung für dich haben als andere. Du kannst das Gebet noch mal ganz langsam aufschreiben, auch in deinen eigenen Worten. Oder schreibe einfach auf, was jede Zeile für dich bedeutet. Du könntest auch versuchen, das Gebet ganz besonders schön aufzuschreiben und dir viele Gedanken bei der Gestaltung, bei den Farben und so weiter machen.

Hier sind ein paar Ideen zu jedem Vers, um dir auf die Sprünge zu helfen.

Vater unser im Himmel
Was heißt es, dass Gott unser Vater ist – unser Schöpfer und jemand, der uns liebt und sich um uns sorgt? Und was bedeutet es für unsere Beziehungen zu anderen Menschen, dass Gott auch deren Vater ist?

Geheiligt werde dein Name
Das bedeutet „jeder soll dich heilig nennen". Hier erkennen wir an, dass Gott Herrlichkeit, Güte, Wahrheit, Licht und Leben ist. Er ist nicht nur irgendwer, den wir unseren Vater nennen, sondern der heilige Gott, der uns trotzdem liebt und will, dass wir ihn lieben.

Dein Reich komme
Was wäre anders, wenn du jetzt schon im Reich Gottes leben würdest?

Dein Wille geschehe
Dieser Teil des Gebetes sagt aus: „Ich will alle Dinge haben, um die ich bitte, aber ich akzeptiere auch, dass es an dir liegt, ob ich sie bekomme. Ich glaube, dass du weißt, was am besten für mich und für alle anderen ist, und ich vertraue dir." Es erinnert uns auch an Jesus, als er am Abend vor seinem Tod im Garten Gethsemane gebetet und Gottes Willen akzeptiert hat (Lukas 22,39-46).

Wie im Himmel, so auf Erden
Das bedeutet, dass wir nicht nur einfach irgendwie durchs Leben kommen wollen und uns auf ein besseres Leben da-

nach freuen. Wir wollen mit Gott daran arbeiten, dass diese Welt zu einem besseren Ort wird. Was kannst du tun, damit das wahr wird?

Unser tägliches Brot gib uns heute

Hier bitten wir um das, was wir brauchen, aber nicht um alles, was wir wollen. Wir wollen nur genug für heute. Wir vertrauen Gott für einen Tag nach dem anderen und wollen uns nicht zu sehr um die Zukunft sorgen. Das kann wirklich schwierig sein, aber das ist auch okay. Diese Worte erinnern uns ganz sanft daran, dass wir jeden Tag nehmen sollten, wie er kommt.

Und vergib uns unsere Schuld

Vielleicht fühlen wir uns gar nicht schuldig, denn das hört sich ziemlich ernst und belastend an. Aber Jesus hat diese Worte für alle Menschen vorgesprochen. Wenn wir sie aussprechen, geben wir zu, dass wir nicht perfekt sind. Wir bitten Gott darum, dass er uns zeigt, wie wir bessere Menschen werden können. Und wir vertrauen darauf, dass unsere Fehler Gott nie daran hindern, uns zu lieben und unsere Gebete zu erhören.

Wie auch wir vergeben unsern Schuldigern

Viele Leute verstehen das falsch. Vergeben heißt nicht, zu vergessen. Du kannst zum Beispiel deinem Bruder vergeben, dass er eines deiner Spielzeuge kaputt gemacht hat, aber ihn trotzdem nicht mehr damit spielen lassen. Du kannst jemandem vergeben, der dich enttäuscht oder dir wehgetan hat, aber vielleicht überlegst du dir beim nächsten Mal, ob du der Person noch einmal vertrauen möchtest. Ich denke, dass „vergeben" sowas heißt wie „loslassen". Wenn du auf jemanden böse bist, darfst du deinen Ärger loslassen. Christ*innen glauben, dass es Menschen gesünder und glücklicher macht, an Ärger nicht festzuhalten – und dem stimmt die Wissenschaft auch zu.

Und führe uns nicht in Versuchung
Diese und die nächste Zeile bitten darum, dass keine schlechten Dinge geschehen. „Versuchung" ist das, was wir fühlen, wenn wir etwas tun wollen, wovon wir wissen, dass es falsch ist. Dieser Vers bittet darum, dass wir in keine Situation kommen, in der wir schwierige Entscheidungen treffen müssen oder in der wir versucht werden, etwas zu tun, was uns selbst oder anderen schadet. Ganz privat und nur für dich: Frag dich mal, wann du versucht wirst, die falschen Dinge zu tun.

Sondern erlöse uns von dem Bösen
Mit dieser Zeile bitten wir um den Schutz vor bösen oder unheimlichen Dingen. Das Böse kann vieles sein: Krankheiten, Tod oder Menschen, die uns schaden wollen. Und vielleicht bitten wir mit dieser Zeile auch um Hilfe dabei, nicht böse zu anderen Menschen zu sein.

Denn dein ist das Reich und die Kraft und die Herrlichkeit in Ewigkeit. Amen.
Das gehört nicht zu dem ursprünglichen Gebet, das Jesus seine Jünger in der Bibel gelehrt hat. Aber es ist ein guter Abschluss für das Gebet. Es drückt außerdem aus, dass wir glauben, dass Gott für immer da ist. Deswegen gilt auch noch alles, was Jesus uns von ihm erzählt hat. Wir können also beten und darauf vertrauen, dass Gott uns liebt und die Kraft hat, uns zu helfen.
„Amen" heißt einfach „So soll es sein".

FEEDBACK

Als ich dieses Experiment ausprobiert habe, …

So zu beten, war für mich:

Am besten daran gefallen hat mir:

Was ich beim nächsten Mal ändern würde:

Ich gebe diesem Experiment ___ von zehn Punkten.

NOAHS BEWERTUNG: 5/10

Das war ein bisschen zu viel Text für mich. Aber zu jeder Zeile etwas aufzuschreiben, hat mir geholfen, über die Bedeutung des Gebetes nachzudenken.

Ich kann das Gebet durch die Schule und die Kirche auswendig und kenne es natürlich sehr gut. Deswegen habe ich nicht so viel davon erwartet, es noch mal durchzugehen. Aber beim Aufschreiben, was jede Zeile für mich bedeutet, ist mir dann besonders der Vers „Unser täglich Brot gib uns heute" aufgefallen. Ich habe dann viel darüber nachgedacht, was das heißt. Früher dachte ich, das hätte was mit dem Abendmahl zu tun, aber das kann nicht sein, weil das ja normalerweise nur sonntags stattfindet, nicht „täglich". Also muss das täglich Brot was anderes heißen. Brot war zur Zeit von Jesus das Hauptnahrungsmittel, die Lebensgrundlage. Wenn Gott uns also Brot gibt, heißt das, dass er uns durch jeden Tag bringt. Ich habe dann gemerkt, dass es nicht nur darum geht, um Essen zu bitten, sondern Gott zu bitten, dass er uns versorgt und jeden Tag am Leben hält.

Dann habe ich daran gedacht, dass Gott ja nicht alles entscheidet, was wir machen. Wir können Entscheidungen treffen. Deswegen bitten wir mit dem Gebet Gott ja auch um Hilfe dabei, jeden Tag die richtigen Entscheidungen zu treffen.

Es hat mich also zum Nachdenken gebracht, aber ich fand es zum Beten nicht besonders toll.

WAS SAGEN ANDERE TESTER*INNEN?

10/10 – Das war echt cool, weil man viel darüber nachdenkt. Ich konnte ziemlich viel mit den Notizen anfangen. Ich habe das Vaterunser ganz schön aufgeschrieben und verziert. Dabei habe ich darüber nachgedacht, was die einzelnen Wörter so bedeuten und was das Gebet als Ganzes aussagt. Für viele Leute ist das nur ein Gebet, was man so daher sagt. Weil ich versucht habe zu verstehen, was es bedeutet, kann ich es jetzt mit mehr Bedeutung sagen.

Die Zeile „Vater unser im Himmel" kennt ja echt jeder, aber sie ist mir trotzdem ins Auge gesprungen. Wir nennen Gott „Vater" und das zeigt, dass er eine enge Beziehung zu uns haben will.

Wenn du es ausprobierst, dann halte nach bestimmten Wörtern Ausschau und denke über ihre Bedeutung in den Sätzen nach. (Catherine, 15)

7/10 – Ich habe die Wörter mit verschiedenen Farben markiert und dabei darüber nachgedacht, warum wohl genau diese Wörter ausgesucht wurden.

Für Wörter wie „Schuld" habe ich Rot genommen, weil ich Rot und Schuld mit dem Teufel verbinde. Grün und Blau habe ich als Farben der Herrlichkeit genommen, für Wörter, die mit Gott zu tun haben, weil Gott die Erde, das Wasser und das Land erschaffen hat und ja eigentlich alles.

Ich fand das eine ziemlich gute Idee, weil man sich so auf das Gebet konzentrieren kann. Ich habe mich sehr mit Gott verbunden gefühlt. (Daniel, 11)

DIE BIBEL AUSMALEN

Eine der ältesten Gebetsformen in der christlichen Tradition ist das Lesen der Bibel. Das klingt vielleicht erst einmal nicht direkt nach Beten. Wenn wir ans Beten denken, stellen wir uns oft zuerst eine Person vor, die mit geschlossenen Augen still dasitzt und Gott um etwas bittet. Die Bibel benutzt du vielleicht eher als ein Buch, aus dem du dir Informationen oder Anweisungen holen kannst. Aber die Bibel betend zu lesen, ist ein wichtiger Teil der christlichen Tradition.

Die Bibel zum Beten verwenden kann man zum Beispiel, indem man sich einen kurzen Textabschnitt aussucht und sich intensiv damit beschäftigt. Manche Leute sagen, dass eine Bibelstelle einfach nur Worte auf einer Buchseite bleiben, wenn man sie ein- oder zweimal liest. Aber beim dritten oder vierten Lesen fallen einem ganz andere Dinge daran auf oder man nimmt den Abschnitt ganz anders wahr.

Genau das meinen Leute, wenn sie sagen, dass die Bibel „zu ihnen spricht": Plötzlich fällt ihnen ein Wort oder eine Formulierung auf und bekommt eine ganz besondere Bedeutung für sie. Oder sie erkennen plötzlich einen völlig neuen Aspekt von einer Geschichte, die sie schon oft gehört haben, und sehen sie von da an mit ganz anderen Augen. Vielleicht entdeckst du auch Ähnlichkeiten zwischen einer Bibelstelle und einer Situation in deinem Leben. Oder du merkst, dass Gott dir ein bestimmtes Wort oder einen bestimmten Satz genau jetzt mit auf den Weg geben möchte. Das passiert nicht immer mit großem Karacho, aber wenn du in der Bibel eine Textstelle mehrfach durchliest, darüber nachdenkst und lang genug dabeibleibst, wird dir in den meisten Fällen etwas Neues auffallen.

Bilderhandschrift

Eine Methode, die dabei hilft, sich lange genug mit einer Bibelstelle zu beschäftigen, damit sie zu einem spricht, ist, sie zu verzieren oder die Wörter auszumalen. Als Mönche im Mittelalter die Bibel mit der Hand abschrieben, lange bevor der Buchdruck erfunden wurde, haben sie oft einzelne Buchstaben oder Wörter sehr detailreich verziert. Bildhandschriften sehen schön aus, aber das war nicht der einzige Grund, warum sie angefertigt wurden. Wenn der Schreiber ein Wort oder einen Buchstaben verzierte, verbrachte er Zeit damit, über sie nachzudenken. Wahrscheinlich sahen so auch alle Leser*innen die Passagen genauer an und würdigten sie.

DAS EXPERIMENT

Versuche dich an deiner eigenen Bilderhandschrift. Während du die Wörter und Bilder ausmalst, kannst du über sie nachdenken. Du wirst dich auf das Malen konzentrieren und nicht auf die Wörter. Dabei bist du beschäftigt und dein Unterbewusstsein kann gleichzeitig die Bibelstelle verarbeiten, ohne dass du aktiv darüber nachdenkst.

Suche dir zunächst eine Bibelstelle aus. Es sollten nur ein oder zwei Sätze sein. Du kannst jemanden bitten, dir eine Stelle vorzuschlagen. Vielleicht erinnerst du dich aber auch noch an eine Geschichte, die du in der Schule oder in der Kirche gehört hast. Oder du blätterst einfach ein bisschen durch die Bibel. Wenn du deine Bibelstelle hast, kannst du dir überlegen, wie du sie aufschreiben möchtest: Wo sollen die

Wörter auf dem Blatt stehen, in welchem Stil möchtest du sie aufschreiben und sollen Illustrationen dazukommen? Benutze die ganze Seite und verziere jeden Zentimeter. Lass dir mindestens eine halbe Stunde Zeit dafür und gestalte deine Seite so schön und so aufwendig wie du kannst. Am besten funktioniert es wahrscheinlich, wenn du die Wörter (oder zumindest einen Teil davon) mit Umrissen aufzeichnest, die du dann ausmalen kannst. So beschäftigst du dich länger mit jedem Wort und schreibst nicht einfach schnell die Bibelstelle auf, um dann alles drumherum zu verzieren. Konzentriere dich hauptsächlich auf die Wörter.

Es gibt übrigens auch viele Bücher oder Dateien zum Ausdrucken mit Bibelstellen, die andere Leute aufgeschrieben und verziert haben. Dann brauchst du sie nur auszumalen. Es gibt einige Bücher mit solchen Ausmalvorlagen, zum Beispiel *Tauche die Psalmen in Farbe oder Die Sprüche Gottes in Farbe*.[1] Es gibt aber auch kostenlose Vorlagen im Internet, zum Beispiel unter www.bibelkreativ.de. Suche dir einfach ein Bild aus, das dir gefällt, und druck es dir aus.

Du kannst auch einen Comic zu deiner Bibelstelle zeichnen. Versuche mal, dir ganz viel Zeit dafür zu nehmen. Suche dir dazu keine Stelle aus, wo ganz viel passiert, sondern einen eher ruhigen Abschnitt voller bildhafter Sprache. Dann musst du dir mehr Gedanken machen, wie du das zeichnen kannst. Versuche es zum Beispiel mit einem Psalm. Und nimm dir hier wieder mindestens genau so viel Zeit für die Wörter wie für das Zeichnen der Bilder. Schaffst du es, zu jedem Wort ein Einzelbild zu zeichnen und nicht in einem Bild einen Satz oder noch mehr zusammenzufassen?

[1] *Beide von Inspired by Grace.*

FEEDBACK

Als ich dieses Experiment ausprobiert habe, ...

Mich mit den Wörtern zu beschäftigen, war für mich ...

Am besten daran gefallen hat mir:

Was ich beim nächsten Mal ändern würde:

Ich gebe diesem Experiment ◯ von 10 Punkten.

NOAHS BEWERTUNG: 6/10

Das hat mir Spaß gemacht. Ich habe ein Bild aus dem Internet genommen. Da stand drauf: „Es ist noch nie jemand zum Himmel hinaufgestiegen außer dem Menschensohn, der vom Himmel herab auf die Erde gekommen ist" (Johannes 3,13). Aber ich habe beim Ausmalen nicht über die Bibelstelle nachgedacht, sondern eher über das Bild selber.

Auf dem Bild war eine Hand, aus der so eine Art Regenbogen-Pfad kam. Eine Hand symbolisiert für mich Fühlen oder Anfassen. Das Bild hat für mich ausgedrückt, dass Gott mit ganzem Herzen mit uns fühlt. Und der Regenbogen stand für den Weg zu Gottes Liebe, in den Himmel.

Ich mag Ausmalen, aber für mich hatte das mit Beten nicht so viel zu tun. Ein Teil des Problems war, glaube ich, dass ich die Bibelstelle schon gut kannte. Wir hatten in der Schule in Ethik und Philosophie schon darüber geredet. Ich habe es noch mal mit einer Bibelstelle versucht, die ich noch nicht so gut kannte. Dann habe ich auch viel mehr über die Worte nachgedacht und das hat mir mehr gebracht.

WAS SAGEN ANDERE TESTER*INNEN?

8/10 – Durch das Ausmalen hat die Bibelstelle echt zu mir gesprochen. Ich habe so richtig gemerkt, dass Gott durch sein Wort zu mir sprechen kann. Und ich konnte mich dann total gut auf seine Worte konzentrieren. Beim nächsten Mal würde ich vielleicht ein bisschen Platz auf der Seite lassen und da noch irgendwas hinmalen, was Gott mir gibt. (Jonny, 14)

8/10 – Ich habe das Vaterunser ausgemalt. Dabei konnte ich mich echt gut auf die Bedeutung der einzelnen Wörter konzentrieren. Und ich konnte das Vaterunser dann auch mit meinem eigenen Leben verbinden. (Samantha, 16)

7/10 – Mir hat dieses Experiment Spaß gemacht und das Gebet habe ich mir eingeprägt und dann ganz anders darüber nachgedacht. Das war ziemlich entspannend. Am besten fand ich, dass das so einfach war. Nächstes Mal würde ich ein Zitat mit noch mehr Bedeutung aussuchen, mit nicht so vielen Bildern im Hintergrund und den Wörtern im Mittelpunkt. (Rachel, 15)

LEGO BIBEL-MODELLE

Zeit in der Bibel verbringen

Der Gedanke, ganz in die Heilige Schrift einzutauchen, ist älter als das Christentum selbst. In den Psalmen der jüdischen Schriften, unserem Alten Testament, geht es viel um das Nachdenken über Gottes Gebote. Wer die Schriften liest, mit ihnen betet und darüber nachdenkt, wird mit einem Baum verglichen. Seine Wurzeln reichen tief in den lebenspendenden Boden, woraus er das lebenspendende Wasser zieht. Wenn wir darüber nachdenken, was geschrieben steht, fühlen wir uns verwurzelter, genährter, sicherer und fruchtbarer.

Über die Bibel nachzudenken bedeutet nicht automatisch, ihr in allem zuzustimmen. Es geht auch nicht darum, zu entscheiden, ob sie die Wahrheit enthält oder nicht, oder alles zu tun, was darin steht. Es geht einfach darum, Zeit mit den biblischen Geschichten zu verbringen und nachzuforschen, was sie über Gott, die Welt und uns selbst verraten.
Der Heilige Ignatius von Loyola hat sich im Mittelalter zum Beispiel diese bekannte Methode ausgedacht: Man liest eine Geschichte aus der Bibel, typischerweise eine aus den Evangelien, und stellt sich vor, dass man selbst ein Teil der Geschichte ist.

- Wie fühlt es sich an? – Heiß? Kalt? Windig? Sandig?
- Wie riecht es? – Nach Schweiß und Dreck? Kamelen? Blumen? Blut? Wasser?
- Wie klingt es? – Ist viel los? Rufe? Schweigen? Vogelzwitschern?

Diese und noch mehr Fragen kannst du dir dabei stellen.
Dann stell dir vor, dass du dich in der Szenerie befindest. Wer ist alles da? Und was ist mit dir selbst: Welche Rolle spielst du? Stehst du nur daneben oder bist du eine*r der Protagonist*innen der Szene? Stell dir vor, dass Jesus sich dir zuwendet. Was sagt er?

DAS EXPERIMENT

Das Experiment geht so ähnlich, allerdings sitzt man dabei weniger still da und packt mehr Legosteine aus und baut los.

Baue mit Lego eine Geschichte aus der Bibel nach. Die Herausforderung dabei ist, nicht nur die Landschaft und die Umgebung in der Geschichte, sondern auch die Charaktere mit ihren Gedanken und Gefühlen darzustellen. Wähle Lego-Figuren mit den passenden Gesichtsausdrücken aus. Stelle sie so hin, dass sie für dich ausdrücken, was sie fühlen.

Als Erstes musst du dich für eine Bibelgeschichte entscheiden. Auf den nächsten Seiten sind ein paar Vorschläge aufgeschrieben, aber du kannst dir auch eine andere aussuchen. Vielleicht hast du ja in der Kirche oder in der Schule zuletzt eine besonders spannende gehört. Oder bitte einfach mal deine Eltern oder eine*n Jugendleiter*in um einen Vorschlag. Wenn du das Experiment mit einer Gruppe von Freund*innen ausprobierst, kann es witzig sein, wenn ihr euch an der gleichen Geschichte versucht und am Ende eure Modelle vergleicht.

Entscheide dich, ob du die ganze Geschichte nachbauen möchtest oder nur eine Szene daraus. Wenn du dich für die ganze Geschichte entscheidest, könntest du nach und nach Fotos von den verschiedenen Szenen machen und eine Fotostory erstellen. Du könntest auch ganz viele Bilder machen und versuchen, ein Stop-Motion-Video zu erstellen. Wenn du das machst, könntest du das Video deiner Schule oder deiner Kirche anbieten, damit es statt einer Textlesung während

eines Gottesdienstes oder im Unterricht gezeigt wird.
Zeige dein Modell, deine Bilder oder dein Video am Ende deinen Freund*innen oder deiner Familie und vergleicht eure Versionen. Ihr könnt über die Gemeinsamkeiten und Unterschiede sprechen und die Bilder zum Beispiel via Facebook, Instagram oder Twitter teilen.

Ein paar Vorschläge für Bibelgeschichten zum Nachbauen

Die Stillung des Sturms (Matthäus 8,23-27)

Danach stieg Jesus in das Boot und fuhr mit seinen Jüngern weg. Mitten auf dem See brach plötzlich ein gewaltiger Sturm los, so dass die Wellen über dem Boot zusammenschlugen. Aber Jesus schlief. Da liefen die Jünger zu ihm, weckten ihn auf und riefen: „Herr, hilf uns, wir gehen unter!" Jesus antwortete ihnen: „Warum habt ihr Angst? Vertraut ihr mir so wenig?" Dann stand er auf und befahl dem Wind und den Wellen, sich zu legen. Sofort hörte der Sturm auf, und es wurde ganz still. Alle fragten sich voller Staunen: „Was ist das für ein Mensch? Selbst Wind und Wellen gehorchen ihm!"

Die Salbung in Betanien (Markus 14,3-9)

Jesus war in Betanien zu Gast bei Simon, der früher einmal aussätzig gewesen war. Während der Mahlzeit kam eine Frau herein. In ihren Händen hielt sie ein Fläschchen mit reinem, kostbarem Nardenöl. Sie öffnete das Gefäß und salbte mit dem Öl den Kopf von Jesus. Darüber regten sich einige Gäste auf: „Das ist ja die reinste Verschwendung! Dieses Öl ist mindestens 300 Silberstücke wert. Man hätte es lieber verkaufen und das Geld den Armen geben sollen!" So machten sie der Frau heftige Vorwürfe. Aber Jesus sagte: „Lasst sie in Ruhe!

Warum macht ihr der Frau Schwierigkeiten? Sie hat etwas Gutes für mich getan. Arme, die eure Hilfe nötig haben, wird es immer geben. Ihnen könnt ihr helfen, sooft ihr wollt. Ich dagegen bin nicht mehr lange bei euch. Diese Frau hat getan, was sie konnte: Mit diesem Salböl hat sie meinen Körper für mein Begräbnis vorbereitet. Ich versichere euch: Überall in der Welt, wo Gottes rettende Botschaft verkündet wird, wird man auch von dieser Frau sprechen und von dem, was sie getan hat."

Der barmherzige Samariter (Lukas 10,30-35)
Jesus antwortete ihm mit einer Geschichte: „Ein Mann ging von Jerusalem nach Jericho. Unterwegs wurde er von Räubern überfallen. Sie schlugen ihn zusammen, raubten ihn aus und ließen ihn halb tot liegen. Dann machten sie sich davon. Zufällig kam bald darauf ein Priester vorbei. Er sah den Mann liegen und ging schnell auf der anderen Straßenseite weiter. Genauso verhielt sich ein Tempeldiener. Er sah zwar den verletzten Mann, aber er blieb nicht stehen, sondern machte einen großen Bogen um ihn. Dann kam einer der verachteten Samariter vorbei. Als er den Verletzten sah, hatte er Mitleid mit ihm. Er ging zu ihm hin, behandelte seine Wunden mit Öl und Wein und verband sie. Dann hob er ihn auf sein Reittier und brachte ihn in den nächsten Gasthof, wo er den Kranken besser pflegen und versorgen konnte. Am folgenden Tag, als er weiterreisen musste, gab er dem Wirt zwei Silberstücke aus seinem Beutel und bat ihn: ‚Pflege den Mann gesund! Sollte das Geld nicht reichen, werde ich dir den Rest auf meiner Rückreise bezahlen!'"

Jesus erscheint seinen Jüngern nach der Auferstehung (Johannes 20,19-22)

Am Abend desselben Tages hatten sich alle Jünger versammelt. Aus Angst vor den führenden Juden ließen sie die Türen fest verschlossen. Plötzlich kam Jesus zu ihnen. Er trat in ihre Mitte und grüßte sie: „Friede sei mit euch!" Dann zeigte er ihnen die Wunden in seinen Händen und an seiner Seite. Als die Jünger ihren Herrn sahen, freuten sie sich sehr. Jesus sagte noch einmal: „Friede sei mit euch! Wie mich der Vater gesandt hat, so sende ich jetzt euch!" Nach diesen Worten hauchte er sie an und sprach: „Empfangt den Heiligen Geist!"

FEEDBACK

Als ich dieses Experiment ausprobiert habe, ...

_ _

_ _

Als ich die Bibelgeschichte nachgebaut habe, habe ich bemerkt, dass ...

_ _

_ _

Am besten daran gefallen hat mir:

Was ich beim nächsten Mal ändern würde:

Ich gebe diesem Experiment ___ von zehn Punkten.

NOAHS BEWERTUNG: 8,5/10

Ich habe die Geschichte vom barmherzigen Samariter nachgebaut. Als ich die Geschichte gelesen habe, wusste ich sofort, was ich dazu bauen wollte.

Ich habe die Szene gebaut, in der der Mann angegriffen wird. Hinter ein paar Steinen habe ich die Räuber versteckt. Der Mann ging auf der Straße. Für die Räuber habe ich Lego-Figuren mit aggressivem Gesichtsausdruck genommen. Die sind dann hinter den Steinen hervorgesprungen. Davon habe ich Bilder gemacht. Damit es so aussieht, als würden sie springen, habe ich die Figuren an Fäden gehängt. Sie haben auch nach dem Mann getreten, als er schon am Boden gelegen hat. Das hat schon Spaß gemacht, aber ich habe nicht so viel dabei nachgedacht. Es hat sich nicht so angefühlt, als würde ich beten, obwohl ich mir die Details der Geschichte schon ziemlich genau angeguckt habe. Vielleicht würde es mit einer anderen Geschichte besser klappen, die ich noch nicht so gut kenne.

In meiner Jugendgruppe haben wir das Experiment mit der Weihnachtsgeschichte ausprobiert. Ein Freund und ich haben die Geburt von Jesus gebaut, ein paar andere die Volkszählung, wie der Engel Gabriel zu Maria kommt, die Ankunft der Hirten und so weiter. Mit anderen zusammen hat das richtig Spaß gemacht und es war auch gut, die Geschichte in verschiedene Szenen aufzuteilen. Ich konnte mir richtig gut vorstellen, wie es da wohl ausgesehen hat und was da so passiert ist.

WAS SAGEN ANDERE TESTER*INNEN?

8,5/10 – Ich habe die Szene nachgebaut, als Jesus die Jünger nach seiner Auferstehung besucht hat. Das hat echt Spaß gemacht. (Fletcher, 14)

8 oder 9/10 – Ich habe die Geschichte mit Jesus und dem Meer mit Lego gebaut und das hat mir irgendwie geholfen, mich näher bei Gott zu fühlen, weil ich so direkt sehen konnte, was passiert ist. (Matthew, 14)

9/10 – Ich fand das echt gut. Ich habe die Geschichte vom barmherzigen Samariter genommen und die Szene nachgebaut, als der Samariter den verletzten Mann in die Herberge bringt. Ich habe den Mann auf eine Trage gelegt, weil ich keinen Esel hatte. In der Herberge gab es dann ein Bett. Ich habe für den Wirt einen Schreibtisch gebaut. Mein Samariter hat ihm Geld gegeben, damit er sich um den Mann kümmert. Dabei habe ich echt viel über die Geschichte nachgedacht. (Toby, 9)

7/10 – Ich habe das mit meiner Jugendgruppe ausprobiert und wir haben alle Szenen aus der Offenbarung genommen. Wir haben alles echt gut zusammengesetzt, das war dann wirklich kreativ. Die Geschichte hat einen viel mehr mitgenommen, als wenn man sie nur liest. Man konnte alles miterleben. Beim Bauen konnte ich viel über die ganze Geschichte nachdenken und habe auch neue Dinge darin entdeckt.

Es war sehr gut, dass wir das als Gruppe gemacht haben. Mit Freunden hat es viel mehr Spaß gemacht. Als wir alle fertig waren, haben wir uns gegenseitig unsere Szenen gezeigt und konnten sehen, was die anderen so gebaut haben. Wir haben alle echt verschiedene Sachen gemacht und das hat mir eine neue Perspektive auf die Geschichte gegeben. (Rachel, 15)

PERLEN DES LEBENS

Mit Perlen beten

Perlen zum Beten zu benutzen, hat eine lange Geschichte. Am bekanntesten ist wahrscheinlich der Rosenkranz, der besonders in der römisch-katholischen Kirche dazu verwendet wird, zu Maria, der Mutter von Jesus, zu beten. Der klassische Rosenkranz hat fünf Reihen von zehn kleineren Perlen, die jeweils durch eine einzelne größere Perle abgeteilt werden. Zu Beginn jeder Reihe wird das Vaterunser gebetet. Dann wird zu jeder kleinen Perle einmal das Ave Maria gebetet. Gleichzeitig soll man bei den verschiedenen Perlen an unterschiedliche Themen denken. Der Rosenkranz hat sich aus viel älteren Gebetshilfsmitteln entwickelt, die zum Beispiel aus geknoteten Fäden oder Seilen gemacht waren. Dabei betete man, während die Finger an den Knoten entlanggingen.

So zu beten unterscheidet sich ziemlich von den meisten modernen Gebetsformen. Heute geht es nämlich meistens um ein persönliches Gespräch mit Gott. Diese alten Gebetsformen drehen sich aber vor allem um das Wiederholen von bestimmten Gebeten. Manche Leute sehen darin so etwas wie Aberglauben und kritisieren, dass sich dieses Beten eher wie das Aufsagen von Zaubersprüchen anhört. Aber vielen Menschen helfen solche Methoden auch dabei, sich auf Gott zu konzentrieren.

Diese Gebetsmethode hat meistens drei Bestandteile. Ganz vereinfacht funktioniert sie meistens so:
1. Jede Perle oder jeder Knoten erinnert an etwas, für das man betet.
2. Die Hände und der Kopf sind mit dem Berühren der Perlen beschäftigt, also lässt man sich nicht so schnell ablenken.
3. Die Perlen einzeln nach und nach zu berühren, während man betet, hilft dabei, sich bewusst Zeit fürs Beten zu nehmen.

Dieses Bild zeigt eine moderne Form der Gebetsperlen, die „Perlen des Lebens". Sie wurden 1995 von einem schwedischen Bischof namens Martin Lönnebo entwickelt. Er wollte eine moderne Version der Gebetsperlen erfinden, mit der sich die Menschen nicht nur auf das Gebet zu Maria konzentrieren können, sondern auf ihre Beziehung zu Gott. Es gibt ganze Bücher zu dem Thema, in denen genau beschrieben wird, wie Lönnebo die Perlen entwickelt hat und wie man sie benutzen soll. Du kannst dir so ein fertiges Perlenband kaufen. Viel persönlicher und bedeutsamer wird es aber, wenn du dir selbst eins bastelst. Das hilft dir auch dabei, dir die Bedeutung jeder einzelnen Perle zu merken.

DAS EXPERIMENT

Bei diesem Experiment trägst und benutzt du dein selbstgebasteltes Gebetsarmband. Du benötigst dazu einige Perlen (Knöpfe gehen auch), einen Faden, ein Stück Wolle oder ein Gummiband.

Das Bild auf Seite 106 zeigt, wie die richtigen „Perlen des Lebens" aussehen. Du kannst dein Armband genauso machen oder eine einfachere Version basteln. Die verschiedenen Größen und Farben, die dir hier vorgeschlagen werden, helfen dir, dich an die Bedeutung der verschiedenen Perlen zu erinnern. Aber du kannst dir natürlich aussuchen, was dir gefällt oder was du gerade zur Hand hast.

1. Mache einen Knoten in den Faden, damit die Perlen nicht wieder abrutschen. Nimm dir dann eine große goldene Perle (oder eine andere besondere) und fädle sie auf. Diese Perle steht für Gott.
2. Nimm dir sechs schlichte Perlen, zum Beispiel längliche aus Holz. Mit denen schaffst du Abstand zwischen den besonderen Perlen. Man nennt sie Perlen der Stille oder des Friedens. Fädle eine davon auf und lege die anderen zur Seite.
3. Die dritte Perle steht für dich selbst. Suche dir dafür zum Beispiel eine Perle aus Perlmutt aus oder eine andere, mit der du dich gut identifizieren kannst.
4. Als nächstes kommt eine große weiße Perle. Die steht für deine Taufe und dafür, dass du ein Mitglied der Kirche bist.

5. Fädle noch eine Perle der Stille auf und danach eine größere, sandfarbene, vielleicht etwas rauere. Das ist die Wüstenperle. Sie steht für die trostlosen und schwierigen Zeiten im Leben.
6. Noch eine Perle der Stille, dann eine große blaue. Die nennt man die Perle der Gelassenheit. Vielleicht erinnert sie dich an den Himmel oder das Meer. Sie repräsentiert Zufriedenheit, Entspannung und das Vertrauen auf Gott.
7. Es folgt noch eine Perle der Stille und dann zwei große, rote Perlen. Sie stehen für Gottes Liebe, die er uns mit Geburt und Tod von Jesus geschenkt hat: die Menschwerdung und die Kreuzigung.
8. Danach sind drei Geheimnisperlen an der Reihe. Sie können aus Perlmutt oder auch silbern sein – oder wie auch immer du möchtest. Sie stehen für die wichtigsten Dinge oder Menschen, für die du beten möchtest. Jede Perle kann für eine Sache oder einen Menschen oder aber auch für eine ganze Gruppe von Menschen oder Dingen stehen. Eine könntest du zum Beispiel deiner Familie widmen, eine deinen Freund*innen und eine deinen Sorgen.
9. Fädle als nächstes eine große schwarze Perle auf, die Nacht, Tod und Dunkelheit repräsentiert.
10. Füge noch eine Perle der Stille hinzu und zum Schluss eine weiße Perle der Auferstehung und eine letzte Perle der Stille.

Bastle dein Armband nach diesem Muster und trage es, damit es dich immer ans Beten erinnert. Alternativ kannst du es auch einfach in die Hand nehmen und damit beten.

Es gibt dafür keine festgelegten Gebete, aber du kannst dir Anleitungen dafür suchen, wenn du nach „Perlen des Lebens" googelst oder nach Büchern dazu suchst. Dort findest du zu jeder Perle Gebete oder Andachten. Hauptsache ist, dass du die Perlen nach und nach durchgehst.

Beginne mit der ersten Perle. Halte sie mit Zeigefinger und Daumen. Denke darüber nach, was sie dir heute bedeutet. Dann mache mit der nächsten Perle weiter. Frage dich, wofür sie steht, und denke ein paar Sekunden oder auch ein paar Minuten darüber nach. Bei den Perlen der Stille sitzt du einfach für eine oder zwei Minuten ganz still da. So geht es immer weiter, bis du das Armband einmal umrundet hast.

FEEDBACK

Als ich dieses Experiment ausprobiert habe, …

____

____

So zu beten, war für mich …

____

____

Am besten daran gefallen hat mir:

____

____

Was ich beim nächsten Mal ändern würde:

Ich gebe diesem Experiment ___ von zehn Punkten.

NOAHS BEWERTUNG: 8/10

Das Experiment war echt cool, weil man so viel selber machen konnte. Das Armband zu machen hat sich nicht so richtig nach Beten angefühlt, eher wie ganz normales Basteln. Aber es war trotzdem gut, es erst zu basteln und dann zu benutzen. Man konnte sich ganz gut merken, welche Perle für was steht, weil alle unterschiedlich aussehen. Ich habe mir zum Beispiel die größte und glänzendste Perle für Gott ausgesucht.

Beim Beten habe ich jede Perle nacheinander angefasst und dann für das gebetet, wofür die Perle gedacht war.

Bei der Gottesperle habe ich eher für große Sachen gebetet, also für Themen, wo ich denke, dass Gott etwas tun sollte. Weltfrieden, Naturkatastrophen und so was. Bei den Perlen der Stille habe ich nur ganz still dagesessen, aber da sind meine Gedanken dann meistens abgedriftet.

Die Wüstenperle fand ich cool, weil ich damit für die schwierigeren Zeiten in meinem Leben beten konnte. Zum Beispiel, wenn ich gemobbt wurde oder was nicht geschafft habe und mich deswegen schlecht gefühlt habe. Normalerweise denke ich beim Beten nicht an solche Sachen, deswegen war es ganz gut, dass mich die Perle daran erinnert hat.

Bei der zweiten roten Perle habe ich daran gedacht, dass Jesus ja für unsere Sünden gestorben ist. Ich habe ihm dann dafür gedankt, dass diese Vereinbarung immer noch gilt und für uns heute noch aktuell ist.

Die erste Geheimnisperle steht für meine Freunde und meine Familie, die zweite für Orte, wo schlimme Dinge und Kriege passieren, und die dritte für die Umwelt und die Natur.

Ich habe eigentlich immer gleich lang über jede Perle nachgedacht und gebetet. Nur die eine Geheimnisperle, die für Krieg und Schlimmes in der Welt steht, hat mich länger beschäftigt. Alles in allem fand ich die Perlen echt gut. Es war ein gutes Mitmach-Experiment, weil ich sie selber basteln konnte. Und ich finde es auch gut, dass ich sie in der Öffentlichkeit tragen kann, ohne blöd auszusehen. Weil die Gottesperle so groß ist, muss ich sie oben auf meinem Handgelenk tragen, sonst tut das weh, wenn ich meine Hand irgendwo ablege. Aber immer, wenn ich nach unten schaue und die Perle sehe, erinnert sie mich an Gott.

WAS SAGEN ANDERE TESTER*INNEN?

8/10 – Ich fand die Bedeutungen der Perlen echt gut und konnte viel damit anfangen. Ich glaube, das wird mir dabei helfen, ans Beten zu denken. Ich benutze gern meine Hände für alles Mögliche, deswegen hilft es echt, die Perlen anzufassen. (Evelyn, 15)

9/10 – Ich fand das ganze Experiment echt toll. Mir hat die Symbolik gut gefallen und dass man dem Armband nicht sofort ansehen kann, was dahintersteckt.

Ich hatte keine Perlen da, deswegen habe ich Knöpfe benutzt. Beim Basteln habe ich nicht wirklich gebetet, aber ich habe den Heiligen Geist ganz stark gespürt und das war ein bisschen überwältigend, hat sich aber auch sehr besonders angefühlt.

Ich habe das Armband an das Fußende von meinem Bett gehängt und es immer mal wieder zum Beten benutzt. Ich habe ein paar Tage gebraucht, um die ganzen Bedeutungen auswendig zu kennen. Deswegen musste ich am Anfang noch die Anleitung griffbereit haben. Morgens habe ich das Armband immer an meinem Bett hängen sehen und dann hat es mich an die ganzen Sachen erinnert. Wenn ich in meinem Zimmer war, habe ich so immer an Gott gedacht. (Rachel, 15)

LABY-RINTH

Was ist ein Labyrinth?

Ein Labyrinth sieht auf den ersten Blick aus wie ein Irrgarten: Es gibt einen Eingang, einen Ausgang und einen Weg in die Mitte. Aber ein klassisches Labyrinth unterscheidet sich von einem Irrgarten, weil es nur einen einzigen Weg darin gibt. Dieser Weg windet sich immer wieder um sich selbst. Daher scheint es manchmal so, als wäre man schon fast in der Mitte, obwohl der Weg noch weit ist. Es gibt ganz viele verschiedene Labyrinthe mit unterschiedlichen Formen und Linienführungen. Manche sind komplexer als andere, aber einer Sache kannst du dir immer sicher sein: Du kannst dich nicht verlaufen. Um in der Mitte anzukommen, musst du einfach nur dem Weg folgen.

Labyrinthe sind normalerweise rund und können sehr groß sein, bis zu 15 Meter im Durchmesser. So große Labyrinthe sind manchmal in Kirchenböden eingearbeitet (zum Beispiel in der berühmten Kathedrale von Chartres in Frankreich) oder auch im Rasen von Gärten oder als gepflasterte Steinwege. Kleinere Labyrinthe kann man auf eine Stoffserviette oder ein Taschentuch malen und sich in die Tasche stecken. Es gibt sie auch auf Papier oder Fliesen gedruckt oder in Holz eingeritzt.

Schon seit der Antike werden Labyrinthe als Symbole des spirituellen Lebens und spätestens seit dem Mittelalter als Symbole des christlichen Wegs verwendet. Menschen, die nicht so einfach verreisen konnten, haben sie zum Beispiel als günstige und praktische Alternative zum Pilgern genutzt. Die Reise zum Mittelpunkt des Labyrinths stand dabei entweder für eine Reise nach Jerusalem, für den Weg zu Gott oder die Reise zum Ende des Lebens.

Labyrinthe verwenden

Man kann Labyrinthe auf ganz verschiedene Weisen verwenden. Die ursprüngliche Methode mit einem großen Labyrinth sieht so aus: Man folgt einfach langsam dem Weg in die Mitte, verweilt dort ein bisschen und geht dann langsam den Weg zurück nach draußen. So betet man mit dem ganzen Körper. Man sitzt nicht nur da und denkt nach, sondern begibt sich mit seinem Körper auf eine Reise. Wenn ich durch große Labyrinthe gelaufen bin, habe ich oft bemerkt, dass mein Geist mit auf diese Reise geht und ganz andere gedankliche Schlüsse zieht, als wenn ich nur still dasitze. Man kann das Labyrinth auch dazu nutzen, über eine bestimmte Frage oder ein bestimmtes Problem nachzudenken, während man geht. Manche Leute lesen beim Weg in die Mitte einen spirituellen Text und auf dem Weg zurück einen anderen. Manche denken dabei auch ganz konzentriert über ihren Lebensweg nach.

DAS EXPERIMENT

Zuerst musst du ein Labyrinth finden. Große Labyrinthe zu bauen ist ziemlich teuer, dauert lange und braucht viel Platz. Aber wenn es bei dir in der Umgebung zufällig eins gibt, kannst du ja mal ausprobieren, es zu durchlaufen.

Ich habe ein Finger-Labyrinth aus Eichenholz. Das hat einen Durchmesser von ungefähr 45 Zentimetern und der Pfad ist in das Holz eingeschnitzt. Vielleicht kannst du dir ja irgendwo so ein Labyrinth ausleihen. Am einfachsten ist es aber wahrscheinlich, wenn du dir ein Labyrinth aus dem Internet ausdruckst (gib dazu einfach „Labyrinth" in die Bildersuche ein). Wenn du dein Labyrinth hast, kannst du „durchgehen". Folge einfach dem Pfad – entweder mit deinem Finger oder mit einem Stift. Mach das ganz langsam und achte darauf, wie du dich dabei fühlst. Möchtest du schneller werden? Findest du Teile des Weges anstrengender, lästiger oder spaßiger als andere? Halte eine Weile inne, wenn du in der Mitte angekommen bist. Wie fühlt es sich da an? Was hältst du davon, dem Pfad jetzt wieder zurückzufolgen? Wenn du bereit bist, geh dem Pfad nach außen nach und achte wieder darauf, wie du dich dabei fühlst.

Eine Jugendgruppe hat ausgedruckte Labyrinthe einlaminiert. Dann haben sie Folienstifte benutzt, um die Pfade nachzuziehen. Wenn du das machst, könntest du verschiedene Farben für den Weg nach innen und für den Rückweg verwenden. Du könntest das Muster auch mit Textilstiften auf Stoff malen. Du kannst einfach nur dem Pfad folgen und schauen, wo dich deine Gedanken so hinbringen. Du könntest dir aber auch Worte aussuchen, auf die du dich dabei konzentrieren möchtest. Wieso probierst du nicht beides einfach mal aus?

Wenn du bestimmte Worte benutzt, würde ich dir Worte von Jesus vorschlagen, in denen er etwas darüber sagt, dass er selbst ein Weg ist, dem wir folgen sollen. Zum Beispiel: „Ich bin der Weg, die Wahrheit und das Leben" beim Weg in die Mitte des Labyrinthes, und: „Folgt mir" auf dem Rückweg. Oder falls dir momentan ein bestimmtes Problem auf der Seele brennt, versuche, Gott um Hilfe dabei zu bitten, während du dem Weg folgst, und schau, was passiert.

FEEDBACK

Als ich dieses Experiment ausprobiert habe, ...

Durch das Labyrinth zu gehen, war für mich ...

Am besten daran gefallen hat mir:

Was ich beim nächsten Mal ändern würde:

Ich gebe diesem Experiment ◯ von zehn Punkten.

NOAHS BEWERTUNG:

7/10 für die festgelegten Worte: hat mich zum Beten gebracht, war aber auch begrenzter

8/10 fürs einfach Durchgehen: hat mich zum Nachdenken gebracht

Ich habe ein Holzlabyrinth benutzt, das ich in den Händen halten konnte. Ich bin dem Pfad mit meinem Finger gefolgt und habe über die Worte nachgedacht, die in der Anleitung vorgeschlagen wurden. Zuerst habe ich sie zu mir selbst gesagt und wusste nicht so richtig, was das bedeuten sollte. Dann habe ich angefangen, darüber nachzudenken, und habe dann gesagt: „Wenn du der Weg oder das Licht oder was auch immer bist, dann zeig es mir." Ich denke, ich habe dann einfach darüber nachgedacht, was es heißt, wenn Gott der Weg usw. ist. Und ich habe ihn gebeten, mir dabei zu helfen, das zu verstehen. Danach habe ich eine Murmel benutzt, um dem eingeschnitzten Pfad zu folgen. Das hat mehr Spaß gemacht und ich musste mich sehr darauf konzentrieren, was mein Körper macht.

Den Durchgang mit der Murmel habe ich zweimal gemacht, weil ich mich beim ersten Mal nur darauf konzentriert habe, dass die Murmel auch in der Mitte ankommt. Und dann ist mir am Ende aufgefallen, dass ich gar nicht gebetet habe. Also habe ich es noch mal gemacht und dabei nicht so verkrampft versucht, dem Pfad zu folgen. Dann ist die Murmel auch manchmal vom Weg abgekommen. Ich habe auf dem Weg zur Mitte nicht so viel nachgedacht, aber auf dem Weg nach draußen habe ich viel daran gedacht, was das so mit dem echten Leben zu tun hat.

Wenn man sich nämlich nur auf die Murmel konzentriert und versucht, alles richtig zu machen, kommen da auch Kurven, die einen wieder die Richtung wechseln lassen, aber man kommt am Ende trotzdem an. Das war so ein bisschen wie im echten Leben: Man versucht etwas zu erreichen und wenn man denkt, dass man schon ganz nah ist, wird man durch kleine Sachen vom Weg abgebracht. Die werden dann zu größeren Sachen, aber wenn man sie löst, scheint alles wieder gut zu werden und es sieht so aus, als würde man die Mitte erreichen. Aber dann geht noch mehr schief, man streitet sich mit Freunden oder der Familie oder irgendwas anderes passiert. Und dann fühlt man sich, als würde man nirgends ankommen und gar nichts schaffen. Aber dann wird es auch wieder besser.

Alles in allem würde ich das Labyrinth auf jeden Fall weiterempfehlen, aber ich würde nicht noch mal bestimmte Worte benutzen, um über sie dabei nachzudenken.

WAS SAGEN ANDERE TESTER*INNEN?

8/10 – Ich konnte mich einfach hinsetzen und über Sachen nachdenken, die mich beschäftigt haben. Dabei war ich entspannt und konnte klar denken. Ich konnte einfach dasitzen, nachdenken und mich dadurch entspannen, dass mich das Labyrinth von anderen Sachen abgelenkt hat. Ich habe einen Ausdruck von einem keltischen Labyrinth genommen und würde es gern noch mal mit einem längeren ausprobieren. (Luke, 16)

9/10 – Das Labyrinth zu verwenden, war echt beruhigend und entspannend. Wenn ich über die Sätze nachgedacht habe, hat das echt meine Sicht auf sie verändert. Ich würde das noch mal machen, aber mit anderen Sätzen, über die ich dann nachdenke. (Rachel, 15)

7/10 – Ich fand das eine recht einfache Aufgabe und deswegen konnte ich gut nachdenken, während ich dem Labyrinth gefolgt bin. Dabei war ich ganz ruhig und ich konnte über viele Sachen in Ruhe nachdenken. Das Einzige, was ich beim nächsten Mal ändern würde, wäre, dass ich ein etwas bunteres Labyrinth nehmen würde. Ich habe nämlich eins aus Holz benutzt, das einfarbig war. Aber es sollte auch nicht zu krass bunt sein. (Chris, 15)

8/10 – Ich habe dabei sehr über meine eigene spirituelle Reise nachgedacht. Ich habe mich gefühlt, als wäre Gott die ganze Zeit bei mir, während ich seinem Pfad folge. Dabei konnte man gut eine Verbindung zu Gott herstellen. Ich würde gerne mal durch ein richtiges, großes Labyrinth durchlaufen. (Jonny, 14)

8/10

- Ich fand es toll, mit dem Finger das Labyrinth nachzuziehen. Dabei konnte ich mich gut auf mein Inneres konzentrieren und ich habe dann darüber nachgedacht, womit ich so zu kämpfen habe. Ich habe mich nicht allein gefühlt, sondern so, als wäre Jesus bei mir. Das hat mich daran erinnert, dass Gott immer bei uns ist und den Weg mit uns geht.
- Ich habe ein Papier-Labyrinth benutzt und wenn mir bestimmte Wörter oder Gebete eingefallen sind, habe ich sie auf den Pfad geschrieben.
- Ein paar von uns haben den Pfad mit Stiften nachgezogen. Die Farbe in der Mitte zu wechseln, war echt gut. Es hat daran erinnert, dass das eine Reise mit zwei Wegen ist. Auf dem einen Weg bringen wir unsere Gebete zu Gott und auf dem Rückweg gehen wir langsam zurück in die Welt und aus dem Gebet raus.

(Mitglieder von 3Generate)

ATEM-ÜBUNGEN UND MEDITATION

Zur Ruhe kommen

Meditation ist eine Art Gebet, bei der man sich Zeit für Stille und Ruhe nimmt. Sie ist ganz anders als andere Gebetsformen, weil es dabei nicht um ein Gespräch mit Gott geht. Es geht einfach darum, in seiner Nähe zu sein, still dazusitzen und sich von allen Gedanken zu befreien. Man will nichts erreichen, sagen oder tun, sondern nimmt sich einfach Zeit zum Sein. Meditation ist ein wichtiger Teil vieler spiritueller Traditionen. Heute verbindet man sie meistens mit dem Buddhismus, sie ist aber auch eine uralte christliche Praktik.

In der christlichen Tradition wird Meditation meistens als Kontemplation bezeichnet. Der wichtigste Grundsatz der christlichen Kontemplation besagt, dass man die Zeit, die man dem Sein widmet, auch mit Gott verbringt. Man muss dabei nicht mal irgendwelche besonderen Gedanken an Gott richten: Sei einfach und werde dir deiner selbst in Gottes Angesicht bewusst.

Meditationstechniken

Wenn du diese Gebetsart ausprobierst, fällt es dir vielleicht schwer, einfach ganz still dazusitzen – selbst, wenn es nur für ein paar Minuten ist. Und weil das vielen Menschen so geht, wurden einige verschiedene Techniken entwickelt, die einem beim Konzentrieren helfen können. Zum Beispiel kann man sich auf die eigene Atmung konzentrieren und dabei das gleiche Wort oder den gleichen Satz ständig wiederholen. Das kann man im Kopf machen oder auch flüsternd. Diese Techniken sind in allen spirituellen Traditionen bekannt. Oft werden sie auch miteinander kombiniert. Dann sagt man ein Wort oder einen Teil eines Satzes, während man einatmet, und wiederholt das Wort oder sagt den anderen Teil des Satzes, während man ausatmet.

Was genau man dabei sagt (in manchen Traditionen nennt man das „Mantra"), ist nicht so wichtig. Es hilft einem nur bei der Meditation und ist nicht Sinn und Zweck der Übung (und hat bestimmt auch keine magischen Kräfte). In der christlichen Tradition wird oft ein sehr altes, kurzes Gebet benutzt: das „Jesusgebet". Es geht so: „Herr Jesus Christus, Sohn Gottes, habe Erbarmen mit mir Sünder." Man kann auch seinen liebsten Bibelvers nehmen oder einfach das Wort „Gott" oder „Jesus". Mach dir keine Gedanken darüber, ob du das richtige Wort ausgesucht hast. Falls du mit Worten meditieren möchtest, schlage ich dir vor, erst einmal mit dem Jesusgebet zu beginnen.

Manche Menschen finden es auch hilfreich, sich Sachen vorzustellen. Du kannst deine Meditation damit beginnen, dass du dir vorstellst, wie du an einen stillen, schönen Ort gehst. Irgendwo, wo du allein bist und dich sicher fühlst und jederzeit wieder weggehen kannst. Stell dir vor, wie du durch eine Tür oder ein Tor an diesen Ort gelangst, vielleicht auch ein paar Stufen nach unten gehst, und dich dann hinsetzt. Du könntest dir zum Beispiel vorstellen, dass du eine Treppe hinunter in einen geheimen Garten steigst, durch ein Tor auf eine große Wiese trittst oder einen Dünenpfad entlang zum Strand gehst.

So funktioniert es

Sich auf die Atmung zu konzentrieren beruhigt und hilft einem, den eigenen Körper viel bewusster wahrzunehmen. Außerdem schafft man es so, sich von Ablenkungen zu befreien, weil man sich ganz gezielt auf etwas anderes fokussiert. Mitten in der Hektik des Alltags entscheidet man sich dafür, einen bestimmten Zeitraum für Gebet oder Meditation zu nutzen.

In spiritueller Hinsicht hilft uns diese Zeit, unsere Beziehung zu Gott klarer zu sehen. Alles, was wir tun oder sagen, um bei anderen einen guten Eindruck zu hinterlassen, ist nicht mehr wichtig. So können wir dann auch Gott besser zuhören. Aber es soll trotzdem nicht das Ziel der Übung sein, Gott hören zu wollen! Das Ziel ist es, einfach nur zu sein. Erwarte bitte keine konkreten Ergebnisse oder Effekte vom Meditieren.

DAS EXPERIMENT

Probiere das Meditieren für einen kurzen Zeitraum einmal aus. Suche dir zuerst einen ruhigen Platz, an dem du es dir bequem machen kannst und ungestört bist. Die meisten Leute sitzen beim Meditieren, aber suche dir einfach die Position aus, die für dich am bequemsten ist.

Dann stelle dir einen Timer auf deinem Handy. Ich würde dir für den Anfang 10 Minuten vorschlagen. Du kannst dich ja im Laufe der Zeit auf 20 Minuten oder eine halbe Stunde steigern.

Schließe die Augen und richte deine Gedanken auf deine Atmung. Mach dir ganz bewusst, wenn du ein- ... und wieder ausatmest. Wenn du das Jesusgebet sprichst, dann sag einen Vers mit jedem Atemzug. Deine Atmung wird vermutlich etwas langsamer und ruhiger werden.

Nach einer Weile wird dir dein Körper ganz bewusst: das Gewicht deiner Gliedmaßen, wie es sich anfühlt, zu sitzen. Es kann sein, dass du beginnst, dich unwohl oder unsicher zu fühlen. Vielleicht stören dich auch Geräusche von draußen. Nimm einfach wahr, was du fühlst und hörst. Bemerke es einfach und maßregle dich nicht dafür, dass du abgelenkt wirst. Nimm es an und konzentriere dich dann wieder auf deine Atmung.

Es ist total normal, dass dir alle möglichen Gedanken und Sorgen zufliegen. Das können große, aber auch ganz kleine, triviale Dinge sein. Es ist auch normal, dass deine Gedanken abschweifen. Mach dir darüber keine Sorgen. Wenn du merkst, dass da ein Gedanke, eine Sorge oder ein Gefühl ist oder dass deine Gedanken auf einmal ganz woanders sind, nimm das einfach zur Kenntnis. Sei dabei ganz freundlich und sanft zu dir selbst und lenke deine Gedanken wieder hin zu deiner Atmung. Wenn du abgelenkt wirst, kann es wirklich hilfreich sein, zum Beispiel das Jesusgebet zu sprechen, weil man sich dann darauf konzentrieren kann.

Das Ganze fühlt sich für dich vielleicht echt komisch an. Wir sind nur selten ganz ruhig und still und denken an nichts Bestimmtes. Wenn wir das also ausnahmsweise mal machen, kann es auch ein wenig unangenehm sein. Selbst die Menschen, die öfter oder sogar regelmäßig meditieren, haben manchmal ihre Schwierigkeiten damit. Vielleicht geht es dir sogar richtig auf die Nerven. Aber akzeptiere jedes komische oder unbehagliche Gefühl, nimm es wahr und konzentriere dich dann wieder auf das Atmen.

Wenn du das Jesusgebet benutzt, lässt du nach und nach vielleicht ein paar Teile weg. So wird es kürzer und irgendwann bleiben vielleicht nur noch ein oder zwei Wörter übrig. Wiederhole diese dann bei jedem Ein- und Ausatmen.

Bleib dran, bis dein Timer abgelaufen ist. Wenn du dir vorgestellt hast, dass du irgendwo hingegangen bist, dann stell dir jetzt auch vor, wie du von dort weggehst. Du verlässt diesen Ort wieder, aber weißt, dass du zurückkehren kannst, wann immer du willst. Wenn du das Jesusgebet gesprochen hast, sag es zum Schluss noch einmal und sag dann laut „Amen".

FEEDBACK

Als ich dieses Experiment ausprobiert habe, ...

____

____

So zu beten, war für mich ...

____

____

Am besten daran gefallen hat mir:

____

____

Was ich beim nächsten Mal ändern würde:

Ich gebe diesem Experiment ___ von zehn Punkten.

NOAHS BEWERTUNG: 9/10

Das war definitiv nicht so leicht wie die anderen Experimente. Aber es war trotzdem eine schöne Erfahrung.

Ich habe mich leider immer wieder ablenken lassen. Die ersten Minuten habe ich einfach dagesessen und mich auf meine Atmung konzentriert. Das war das Entspannteste daran.

Dann musste ich an Gott denken, weil ich durch das Denken ans Atmen darauf gekommen bin, dass Gott sich uns ausgedacht und erschaffen hat. Und schon allein das Atmen ist ja ein total komplizierter Prozess im Körper. Dann habe ich noch an andere Sachen gedacht, an die Schule und so was. Als ich gemerkt habe, dass ich gerade abgelenkt war, habe ich angefangen, das Jesusgebet zu benutzen. Das hat echt geholfen, weil ich mich dabei wieder mehr aufs Atmen konzentrieren konnte. Ich habe dann angefangen zu beten, auch wenn man das ja nicht wirklich soll. Aber ich habe mich dabei die ganze

Zeit aufs Einatmen und Ausatmen konzentriert und das hat dann auch das Gebet beeinflusst. Ich habe für das Übliche wie meine Freunde, Familie und Streit und so gebetet, aber auch noch für Menschen, die manchmal Schwierigkeiten mit dem Atmen haben. Die zum Beispiel eine Lungenkrankheit haben. Und deswegen habe ich dann für kranke Menschen generell gebetet.

Ich hatte keinen Timer da, deswegen habe ich einfach aufgehört, als ich dachte, es wären zehn Minuten vorbei. Aber ich glaube, es waren eher sieben oder acht.

Ich werde das bestimmt noch mal machen, weil ich mich danach sehr entspannt und erfrischt gefühlt habe, als wäre ich gerade von einem Nickerchen aufgewacht. Als ich wieder aufgestanden bin, habe ich mich kraftvoller, aber auch relaxter gefühlt.

WAS SAGEN ANDERE TESTER*INNEN?

9/10 – Das hat mir echt gut gefallen. Ich habe viel mit Ängsten zu kämpfen und deswegen war das für mich besonders hilfreich, um zur Ruhe zu kommen. Ich hatte echt nicht erwartet, dass mir das so gut gefällt. Als ich die Anleitung zum ersten Mal gelesen habe, fand ich's ziemlich blöd, aber im Endeffekt war das für mich das spirituellste Experiment, das ich ausprobiert habe. Und sehr entspannend.

Ich habe mich zuerst nur auf meine Atmung konzentriert und das hat mir beim Entspannen geholfen. Ich habe gemerkt, dass mein Puls runtergegangen ist. Nach einer Weile habe ich dann versucht, das Jesusgebet zu singen. Das hat sich dann sehr spirituell und beruhigend angefühlt, weil man sich auf nur eine Sache konzentrieren musste und sonst nichts.

Es gab aber schon einige Ablenkungen! Ich habe auf meinem Handy die ganze Zeit Benachrichtigungen bekommen, die dann immer ein Geräusch gemacht haben, und ich habe dann auch immer geschaut, was es Neues gibt. Ich würde also eher empfehlen, dass man das Internet oder das Handy für das Experiment komplett ausschaltet.

Den Timer fand ich aber gut, weil ich so nicht darüber nachdenken musste, wie viel Zeit ich noch hatte. Beim nächsten Mal würde ich mir aber noch mehr Zeit nehmen. Vielleicht jedes Mal eine Minute mehr. (Jasmine, 14)

4/10 – Ich habe auf meinem Handy einen Timer eingestellt, meine Augen geschlossen und auf meine Atmung gehört. Das Experiment hat mir nicht wirklich dabei geholfen, mehr über Jesus und Gott nachzudenken. Eigentlich konnte ich nicht wirklich an irgendwas anderes denken als an meine Atmung. Das fand ich ziemlich anstrengend, weil ich immer müde werde, wenn ich meine Augen zumache. Das Beste daran war, dass meine Gedanken ein bisschen zur Ruhe kommen konnten. Beim nächsten Mal würde ich die Zeit verringern, in der ich die Augen zu habe. Vielleicht probiere ich es dann nur für ein paar Minuten aus, weil mir zehn Minuten echt etwas zu lang sind. (Beatrice, 15)

8/10 – Ich hatte mit dem Meditieren keine Schwierigkeiten, aber durch das Stillsitzen wurde mir nach ein paar Minuten etwas schwindelig. Ich habe mit dem Rücken zum Fernseher gesessen und mich aufs Einatmen und Ausatmen konzentriert. So ganz ohne Ablenkungen war das Stillsitzen okay, aber mir wurde, wie gesagt, etwas schwindelig davon.

Es ist aber eine sehr gute Methode, um nach einem stressigen Tag runterzukommen, und es hilft echt. (Hannah, 10)

6/10 – Ich finde, diese Methode kann beim Gebet ganz gut helfen, wenn man es schafft, nicht abgelenkt zu werden. Das ist aber nicht so einfach, selbst wenn man es bemerkt und wieder zu den ursprünglichen Gedanken zurückfinden kann. Manchen fällt es vielleicht schwer, still zu sitzen und sich so lange nicht zu bewegen, deswegen würde ich vorschlagen, Musik anzumachen. Dann hat man noch etwas, worauf man sich konzentrieren kann.

Ich habe dabei nicht so viel an Gott gedacht, weil ich mich halt aufs Atmen konzentriert habe. Alles in allem würde ich es schon weiterempfehlen, weil es das Beten schon vereinfacht. (Callum, 15)

7/10 – Ich bin in mein Zimmer gegangen, habe die Vorhänge zugezogen und das Licht ausgemacht. Dann habe ich mich mit geschlossenen Augen aufs Bett gelegt, den Timer eingestellt und zehn Minuten lang das Jesusgebet immer wieder wiederholt. Dabei war ich echt konzentriert und ich habe mich Gott auch näher gefühlt, weil es so war, als hätte ich ihn dann ganz für mich und nichts kann mich davon ablenken. Aber ein paar Sachen sind mir schon in den Kopf gekommen. Dann habe ich einfach etwas gesagt, wofür ich dankbar bin oder so was, und habe dann mit dem Gebet weitergemacht. Ich wusste genau, was ich tun kann, weil ich ja das Jesusgebet zum Sprechen parat hatte. (Reuben, 13)

NERF-BLASTER-BEICHTE

Das Ziel verfehlen

Eines der Wörter in der Bibel, das normalerweise mit „sündigen" übersetzt wird, bedeutet wörtlich eigentlich eher „das Ziel verfehlen". Der Begriff kommt vom Bogenschießen, vom Zielen auf die Zielscheibe. Eigentlich möchte man perfekt in die Mitte treffen. Oft wird aber das Ziel verfehlt oder der Pfeil landet an einer komplett anderen Stelle als geplant.

Zielübungen können uns helfen, darüber nachzudenken, was es wirklich bedeutet und wie es sich anfühlt, das Ziel zu verfehlen. Wir wollen das Ziel treffen, wir zielen darauf ab. Aber je weiter wir vom Ziel entfernt sind, desto schwieriger ist es, diesen Volltreffer zu schaffen. Und das kann ziemlich frustrierend sein.

Die christliche Tradition besagt, dass wir so weit von Gott entfernt sind, dass es unvermeidlich ist, die meiste Zeit das Ziel zu verfehlen. Aber die gute Nachricht ist: Gott zählt unsere Punkte nicht mit. Für Gott kommt es darauf an, dass wir versuchen, in die richtige Richtung zu zielen.

Wenn du auf eine Zielscheibe schießen möchtest, aber nicht das Ziel fokussierst, spielt es keine Rolle, wie gut du schießen kannst. Du wirst dich nur weiter vom Ziel entfernen, wenn du weiter schießt. Deshalb ist es beim Bogenschießen vor allem wichtig, in die richtige Richtung zu schauen – und so ist es auch im christlichen Leben.

Daher werden den Menschen in Taufgottesdiensten auch eine Menge Fragen darüber gestellt, ob sie sich von allem abwenden, was sich gegen Gott richtet, und sich zu Gott hinwenden. In manchen Kirchen werden die Leute dabei aufgefordert, sich tatsächlich umzudrehen. So setzen sie ein Zeichen für die Umkehr und dafür, dass sie sich ab jetzt dazu verpflichten, in die richtige Richtung zu gehen. Wenn du Christ*in bist, geht es nicht darum, wie weit du schon auf dem Weg bist, sondern in welche Richtung du gehst.

Übung macht den Meister

In den meisten christlichen Kirchen findet während des wöchentlichen Gottesdienstes eine Beichte statt. Und für viele Christ*innen gehört die Beichte auch in ihre privaten Gebete. Durch das Beichten – also dadurch, dass wir erzählen, wo wir das Ziel verfehlt haben – erkennen wir an, dass wir es nicht geschafft haben, wie Jesus zu leben (was unser Ziel ist!). Wir erinnern uns an unser Ziel, um sicherzugehen, dass wir weiterhin in die richtige Richtung blicken. Und wir verpflichten uns, dass wir uns weiterhin darum bemühen, dieses Ziel nicht aus den Augen zu verlieren, und weiter üben.

Genau wie beim Bogenschießen werden wir durch Übung besser. Das Ziel zu verfehlen ist kein Versagen. Wenn man ernsthaft versucht, immer besser zu schießen, geht man immer etwas weiter von der Zielscheibe weg, um an der Herausforderung zu wachsen. Wenn du dich in irgendeiner Sportart verbessern willst, strengst du dich besonders an. Wenn du also hart trainierst, ist es unvermeidlich und sogar wichtig, dass du auch mal am Ziel vorbeischießt.

Die allerbesten Schütz*innen üben sehr viel. Olympiasieger*innen im Schießen hören nicht auf zu üben, nur weil sie gut genug sind. Ansonsten würden sie ganz schnell den Anschluss verlieren.

Und so ähnlich ist das auch beim Beichten: Als Christ*innen machen wir damit immer weiter – selbst die Erfahrensten und die Heiligsten von uns. Genau wie beim Sport sind diejenigen die Besten, die am meisten üben!

DAS EXPERIMENT

Probiere ein paar Schießübungen aus. Suche dir ein Ziel und nimm eine Spielzeugpistole oder einen Bogen – ein Nerf-Blaster, der Schaumstoffpatronen schießt, wäre am besten geeignet. Eine Wasserpistole geht zum Beispiel auch.

Schieße zuerst in die falsche Richtung. Stelle dich vor dein Ziel, drehe dich ganz bewusst weg und drücke ab. Wie fühlt sich das an?

Dann drehe dich wieder zum Ziel und versuche, es aus einem Meter Entfernung zu treffen. Das sollte recht einfach sein. Gehe dann ein paar Schritte weiter zurück und schieße aus immer größerem Abstand, bis du das Ziel kaum noch triffst. Es kommt dabei natürlich ganz darauf an, wie gut du im Schießen bist.

Wenn du das Ziel triffst, denke an eine Sache, die heute oder in dieser Woche super gelaufen ist, und danke Gott dafür.

Wenn du es nicht triffst, denke an etwas, das nicht so gut gelaufen ist – wenn du jemanden mit deinen Worten verletzt hast, wenn du mal nicht so nett warst, wenn du abgelenkt warst und jemandem nicht richtig zugehört hast oder vielleicht sogar absichtlich gemein zu jemandem warst oder etwas falsch gemacht hast. Gib zu, dass du damit das Ziel verfehlt hast, und versuche es mit einem neuen Schuss.

FEEDBACK

Als ich dieses Experiment ausprobiert habe, ...

____

____

So zu beten, war für mich ...

____

____

Am besten daran gefallen hat mir:

____

____

Was ich beim nächsten Mal ändern würde:

Ich gebe diesem Experiment ___ von zehn Punkten.

NOAHS BEWERTUNG: 7,5/10

Mit einer Waffe zu beten, fand ich irgendwie komisch, aber auch ganz spannend. Es hat sich erst etwas seltsam angefühlt, aber im Endeffekt hat es mir echt Spaß gemacht.

Am Anfang in die falsche Richtung zu zielen, war ziemlich gewöhnungsbedürftig. Ich habe überhaupt nicht in die richtige Richtung geschossen und deswegen auch keine Chance, das Ziel zu treffen! Als ich mich dann umgedreht habe, hat sich das gut angefühlt. Ich habe dabei ein bisschen an die Idee der Umkehr gedacht und war echt erleichtert, dass ich mich umdrehen konnte.

Dann habe ich einen Baum im Garten als Ziel benutzt. Ich bin ziemlich gut im Schießen mit meiner Nerf. Dem Baum habe ich's richtig gezeigt!

Die letzten Monate waren für mich ziemlich stressig, deswegen hat das für mich echt gut funktioniert. Diese Vorstellung mit dem Ziel treffen und das Ziel verfehlen fand ich ziemlich sinnvoll. Nicht nur darüber nachzudenken, sondern wirklich zu zielen und zu schießen, hat mir sehr geholfen, das echt zu verstehen.

Dass ich für gute Dinge gebetet habe, wenn ich getroffen habe, und für schlechte, wenn ich nicht getroffen habe, hat auch super geklappt. Das fand ich eins der besten Dinge daran.

WAS SAGEN ANDERE TESTER*INNEN?

9/10 – Das war super, um darüber nachzudenken, was man alles Gutes und Schlechtes gemacht hat. Ich konnte mich dabei richtig darauf konzentrieren, wo ich Fehler gemacht habe und konnte dann darüber nachdenken, wie ich das wiedergutmachen kann. (Dan, 16)

4/10 – Ich fand diese Metapher ganz schlimm! Wir haben das Experiment in meiner Jugendgruppe ausprobiert, aber wir haben uns nur ganz kurz auf das Schießen konzentriert. Es ist dann relativ schnell in eine Nerf-Schlacht ausgeartet. Das war irgendwie auch beängstigend: Wir wollten fromm sein und haben dann angefangen, uns gegenseitig abzuschießen. Ich habe dann an die ganzen Kriege in der Welt gedacht und wie aggressiv Leute sein können. Ich habe also dadurch nachgedacht, aber wirklich wohl habe ich mich dabei nicht gefühlt. (Luke, 17)

6,5/10 – Das hat mir echt Spaß gemacht und es war auch ein gutes Konzept. Aber obwohl ich fand, dass es eine gute und clevere Idee war, hat es mir nicht wirklich geholfen, mich aufs Beten zu konzentrieren.

Am Anfang in die falsche Richtung zu gucken, war eher nervig, weil ich mich auch einfach hätte umdrehen können, dann hätte ich auch das Ziel getroffen. Aber es war ja wahrscheinlich der Sinn, dass es einen frustrieren sollte. Hinterher ist mir aufgefallen, dass ich mich nach dem Umdrehen viel mehr darauf konzentriert habe, das Ziel zu treffen, als über die Dinge nachzudenken. Das fand ich dann auch ziemlich frustrierend, weil ich nicht so gut schießen kann. (Jasmine, 14)

9/10 – Ich habe ein Blatt Papier mit einer Zielscheibe drauf an die Wand gehängt, mich einen Meter entfernt hingestellt und in die entgegengesetzte Richtung geschossen. Dann habe ich mich wieder umgedreht, geschossen und direkt ins Schwarze getroffen! Dann habe ich aus fünf Metern Entfernung geschossen und noch aus zehn Metern. Weiter weg konnte ich nicht, weil eine Wand im Weg war.

Danach habe ich mich für ein paar Minuten hingesetzt und über die Ziele nachgedacht, die ich in meinem Leben erreicht und nicht erreicht habe. Manchmal komme ich irgendwie vom Weg ab, genau wie die Patrone. Ich habe noch nicht oft gehört, dass Sünde als „das Ziel verfehlen" beschrieben wird. Meistens heißt es einfach, dass wir etwas Schlechtes tun. Es war ziemlich interessant, mal anders darüber nachzudenken. (Reuben, 13)

SELBST ERFOR-SCHUNG

Den Tag reflektieren

Weißt du manchmal nicht genau, wofür du beten sollst? Manchmal kommen wir einfach nicht weiter oder finden nichts Bestimmtes, für das wir beten können. Ein Weg, um das zu verhindern, ist die christliche Tradition der Selbsterforschung. Bei dieser Methode reflektiert man die vergangenen 24 Stunden. Dabei musst du dir also keine Sorgen machen, nichts zum Beten zu haben! Denn man kann sich immer Gedanken über den vergangenen Tag machen.

Gehe den vergangenen Tag im Gedächtnis durch und achte auf Momente, wo du besonders starke (positive oder negative) Gefühle empfunden hast, und auf andere Ereignisse oder Begegnungen, die dir besonders im Gedächtnis geblieben sind. Über die Dinge, die dir da entgegenspringen oder besonders starke Gefühle bei dir auslösen, solltest du dir genauer Gedanken machen.

Wozu das Ganze?

Sich am Abend mit dem vergangenen Tag zu beschäftigen, ist eine alte christliche Tradition. Auch schon bevor es das Christentum gab, haben manche Philosophen im alten Griechenland so etwas gemacht. Im christlichen Glauben verbindet man diese Tradition vor allem mit dem Heiligen Ignatius. Unter dem Namen „Gewissensprüfung" bereiten sich römisch-katholische Gläubige auf die Beichte vor: Sie gehen alles durch, woran sie sich erinnern können, und prüfen gewissenhaft, welche Ziele sie dabei verfolgt haben. Früher hat man sich vor allem auf das Suchen von Sünden konzentriert. Aber heute geht es bei der Selbsterforschung eher um das eigene Bewusstsein und um unsere Gefühle.

Gott findet sich nämlich in unserem Alltag wieder. Wenn wir beim Beten einen Fokus auf all das legen, was wir so Tag für Tag tun – zum Beispiel auf den Schulweg, auf einen Streit im Bus, eine Person, die man getroffen hat, einen Moment des Ärgers, der Freude, Angst oder Aufregung –, hilft die Selbsterforschung dabei, zu entdecken, wo Gott auf uns wartet. Die Inkarnation (also als Gott zu Weihnachten als Mensch geboren wurde) ist ein Zeichen dafür, dass Gott uns begegnen möchte. Genauso sind auch die Sakramente der Kirche, wie das Abendmahl oder die Taufe, Momente, in denen Gott uns in ganz normalen Dingen wie Brot, Wein und Wasser begegnet.

Die Selbsterforschung hilft also dabei, die eigenen Gefühle ernst zu nehmen. Man gewinnt dabei viele Erkenntnisse über sich selbst. Wenn man das regelmäßig macht, hauen einen starke Gefühle nicht mehr so schnell um. Stattdessen lernt man, sie zu reflektieren und zu schauen, was gerade wirklich passiert und was die Gefühle einem mitteilen wollen.

DAS EXPERIMENT

Die Selbsterforschung beinhaltet sechs Schritte:

1. Fange mit einem kurzen Gebet um Verständnis oder Licht an. Bete dafür, dass Gott mit einer Lampe dahin leuchtet, worauf du dich im Rückblick auf den Tag konzentrieren solltest.

2. Dann suche nach guten Dingen, für die du dankbar bist. Geh die letzten 24 Stunden durch und nimm die guten, angenehmen oder besonders bedeutungsvollen Momente wahr. Das kann alles sein: eine Blume am Wegrand, die dir auf dem Schulweg aufgefallen ist, eine tolle Unterhaltung, Zeit mit Freund*innen. Danke Gott für all diese Dinge.

3. Stelle dir jetzt vor, dass du noch einmal den Tag durchläufst. Folge dir in deiner Vorstellung selbst: Wo bist du hingegangen, wen hast du gesehen? Mache dir die Gefühle bewusst, die dabei aufkommen, egal ob gut oder schlecht, und schaue, welche Ereignisse dir besonders ins Auge springen.

4. Suche dir eine Sache aus, auf die du dich konzentrieren möchtest. Sie sollte die stärksten Gefühle bei dir ausgelöst haben. Dabei ist es egal, ob das ein positives oder negatives Gefühl ist (das wird jeden Tag anders sein). Vertraue darauf, dass Gott dir die Sache zeigt, über die du genauer nachdenken solltest, selbst wenn sie banal wirkt oder schmerzhaft ist. Genau darum hast du Gott in deinem Gebet am Anfang gebeten.

Stelle dir jetzt vor, dass du dieses Ereignis in die Hand nimmst und in der Luft herumdrehst und es dir ganz genau ansiehst – wie ein Juwelier, der einen Diamanten begutachtet. Denke darüber nach, was da wirklich passiert ist. Was hat dich da hingeführt? Wieso hast du so reagiert, wie du reagiert hast? Was war die Motivation für deine Taten und Worte? Wie fühlt es sich an, sich das jetzt noch mal anzuschauen?

Frage Gott, ob dir noch irgendetwas daran auffallen sollte. Bete für alles, was bei deiner Prüfung herausgekommen ist.

Wenn es mehrere Erlebnisse gab, die dir an diesem Tag besonders aufgefallen sind, dann wiederhole diesen Schritt gern für jedes von ihnen.

5. Denke kurz an den kommenden Tag. Geh ihn mental durch: deinen Stundenplan, Begegnungen oder Aktivitäten, auf die du dich freust oder über die du dir Sorgen machst. Mach dir deine Gefühle dabei wieder bewusst. Bete für alles, was dir hier einfällt.

6. Stelle dir zum Schluss vor, dass du Gott all die Dinge übergibst, über die du nachgedacht hast. Du kannst dir vorstellen, dass du sie alle aufhebst und an den Fuß des Kreuzes legst: die Dinge, für die du dankbar bist, was dir Sorgen bereitet und wohin auch immer dich deine Gedanken geführt haben. Bete zum Schluss das Vaterunser.

FEEDBACK

Als ich dieses Experiment ausprobiert habe, ...

____

____

So zu beten, war für mich ...

____

____

Am besten daran gefallen hat mir:

Was ich beim nächsten Mal ändern würde:

Ich gebe diesem Experiment ◯ von zehn Punkten.

NOAHS BEWERTUNG: 8/10

Ich fand das mit der Dankbarkeit irgendwie schwierig. Ich hatte heute zwar viel Spaß, aber ich habe immer wieder daran gedacht, dass ich anderen heute nicht so viel geholfen habe. Ich war dankbar für den Spaß mit meinen Freunden und meiner Familie, den Gott mir geschenkt hat, aber ich habe mich auch etwas schuldig gefühlt, dass ich wahrscheinlich viele Gelegenheiten verpasst habe, in denen ich anderen Leuten hätte helfen können.

Zuerst sind mir keine starken Gefühle eingefallen, aber als ich länger darüber nachgedacht habe, ist mir aufgefallen, dass man jeden Tag schon ziemlich viele starke Gefühle hat. Heute habe ich Brettspiele gespielt und habe mich immer sehr glücklich gefühlt, wenn ich gewonnen habe. Aber wenn ich verloren habe, war ich genervt oder sogar etwas sauer.

An bestimmte Momente zu denken, war einfach. Und ich fand es auch interessant, darüber nachzudenken. Die Fragen haben mir dabei geholfen.

Was ich am besten fand, war das Beten für den nächsten Tag. Manchmal vergesse ich, für mich selber zu beten, und bete nur für andere und für die Welt. Ich habe gebetet, dass ich morgen wichtige und hilfreiche Dinge machen möchte, und damit habe ich ja auch nicht nur für mich gebetet, sondern auch für andere.

Das Vaterunser am Ende war gut, weil meine Eltern mir das früher immer vorgesungen haben, als sie mich ins Bett gebracht haben. Das war dann eine schöne Erinnerung und ich habe mich sicher und einfach wohlgefühlt.

WAS SAGEN ANDERE TESTER*INNEN?

8/10 – Daumen hoch dafür! Die Erklärung war sehr klar und detailliert. Ich fand das Experiment außerdem ziemlich einfach. Mit einem kurzen Gebet anzufangen, fand ich gut, weil mich das in Stimmung zum Beten gebracht hat. Ich mochte die Idee, noch einmal meinen Tag durchzugehen. Dabei konnte ich mich gut konzentrieren und es hat mir geholfen, mir Sachen vorzustellen und an einiges zu denken, an das ich sonst nicht gedacht hätte.

Es war gut, dass man sich auf positive und negative Dinge konzentrieren konnte. Das war realistisch, weil man ja nicht immer nur gute Tage hat. Und ich mochte auch die Vorstellung, die Ereignisse in der Luft herumzudrehen: So konnte ich mir die Dinge gut vorstellen und mich darauf konzentrieren.

Ich fand es auch gut, über den kommenden Tag nachzudenken. Mir ist aufgefallen, wie Vergangenheit und Zukunft zusammengehören und dass beides wichtig ist – ich wurde richtig philosophisch! (Jasmine, 14)

7/10 – Ich habe mir einen Moment meines Tages angeschaut und analysiert, warum ich mich so verhalten habe. Ich konnte danach dafür beten. Ich fand das eine gute Methode, um das Beten „aufzuräumen“. Aber man kann sich auch schnell von einem Aspekt des Tages ablenken lassen und dann fängt man an zu planen, was man am nächsten Tag machen will usw. (Callum, 15)

5/10 – Ich fand das ganz gut, aber ich würde es aus zwei Gründen nicht noch mal machen: Ich würde es vergessen und ich bete lieber für Dinge, wenn sie passieren. Das Nachdenken über den nächsten Tag mochte ich. (Hazel, 13)

8/10 – Es war schön, sich hinzusetzen und über den letzten Tag nachzudenken, was man so gemacht hat. Das war ganz gut und entspannend.

Beim Danken war ich ziemlich dankbar: Das hat geklappt! Und an besonders starke Gefühle zu denken war auch eine gute Idee. So hat man einfach mal nachgedacht und überlegt, wie man den Tag hätte besser gestalten können.

Am nächsten Tag wollten wir in Urlaub fahren und deswegen habe ich mir vorgestellt, wie die Reise wohl wird und wie das Wetter wird. Ich habe dafür gebetet, dass das Wetter gut wird. Und wir wollten auch meine Uroma besuchen, deswegen habe ich auch für sie gebetet.

Sich den Tag noch mal anzuschauen und alles, was so passiert ist, hat echt gut geklappt. (Daisy, 13)

PROBIEREN UND ER-LEBEN

Probieren und erleben

„Probiert es aus und erlebt selbst, wie gut der HERR ist!", ruft der Autor von Psalm 34 (Vers 9). Und an einigen Stellen in der Bibel wird das Lesen von Bibelversen oder das Beten so beschrieben, als würde man etwas Leckeres und Süßes essen.

Essen als Ritual

Wenn wir essen, passiert eine ganze Menge. Wir schmecken etwas: entweder Dinge, die uns gut schmecken, oder welche, die wir nicht so mögen, weil sie zum Beispiel sauer oder bitter sind. Außerdem ernährt das, was wir essen, unseren Körper und wird ein Teil von uns. Und wenn wir mit anderen Menschen zusammen essen, erzeugt das Gemeinschaft – zum Beispiel beim Weihnachtsessen mit der Familie, beim Mittagessen in der Schulmensa oder beim gemeinsamen Grillen mit den Nachbar*innen.

Auf der ganzen Welt gibt es Rituale, bei denen bestimmtes Essen eine wichtige Rolle spielt. In den USA gibt es zum Beispiel den Truthahn zu Thanksgiving und in Spanien isst man zu Mitternacht an Silvester die „zwölf Trauben des Glücks". Manchmal werden bestimmte Gerichte auch in einer gewissen Reihenfolge gegessen, wie zum Beispiel beim jüdischen Sederabend, der zu Beginn des Pessach-Festes gefeiert wird. Dabei wird die Geschichte aus dem Buch Exodus nacherzählt, in der Gott die Israeliten aus der Sklaverei in Ägypten führte.

Das Abendmahl

Brot zu essen und Wein zu trinken ist ein wichtiges christliche Sakrament. Beim Abendmahl (du kennst vielleicht auch die Begriffe Kommunion oder Eucharistie) passiert eine ganze Menge. Das Brot, der Wein und die Worte des Abendmahlgebetes erinnern uns an Jesu letztes Abendmahl mit seinen Jüngern und daran, dass er für uns gestorben ist. Vom selben Teller zu essen und aus dem gleichen Kelch zu trinken und zu beten: „So sind wir, die vielen, ein Leib, weil wir alle an einem Brot teilhaben", verbindet uns symbolisch. Und echtes Essen zu essen, dass für uns zum Leib Christi wird, bedeutet, dass wir Gott in unser Leben einladen – nicht nur auf spiritueller Ebene, sondern direkt in unseren Körper. Wenn wir etwas essen, was für Gott steht, wird uns klar, dass Gott ein untrennbarer Teil von uns wird.

Vielleicht kennst du das Abendmahl schon aus deiner Kirche oder bereitest dich darauf vor. In diesem Experiment wollen wir es nicht nachstellen, da es keine private Sache ist, sondern in der Gemeinde gemeinsam gefeiert werden sollte. Stattdessen werden wir verschiedene symbolhafte Dinge essen und trinken, die dir dabei helfen, über ihre Bedeutungen nachzudenken. Du kannst dabei das Essen und Trinken als eine Gebetsform austesten.

DAS EXPERIMENT

Dieses Experiment funktioniert am besten in einer Gruppe. Man muss nämlich schon einiges dafür einkaufen und vorbereiten, mal ganz abgesehen vom Spülen hinterher! Aber lass dich davon nicht abschrecken, wenn du es lieber allein machen möchtest.

Zuerst musst du alle Zutaten zusammenstellen. Du brauchst mindestens vier oder fünf der Dinge, die unten aufgelistet sind. Nimm einfach die, die du am einfachsten besorgen kannst. Ich empfehle dir aber auf jeden Fall Nummer 1 und 8.
Stell das Essen in einer Reihe auf einem Tisch auf. Iss jede Zutat für sich, ganz in Ruhe, und konzentriere dich auf den Geschmack. Lies jeweils den zugehörigen Bibelvers oder die kurze Notiz dazu. Während du den Geschmack noch im Mund hast, bete dafür, dass Gott dir bei dieser Idee hilft.

1. Honig oder Zucker
Dein Wort ist meine Lieblingsspeise, es ist süßer als der beste Honig.
(Psalm 119,103)

Bete für Freude beim Lesen der Bibel und für die Weisheit, Freude in guten Dingen zu finden.

2. Apfel, Banane, Birne oder Pfirsich
In der Schöpfungsgeschichte gibt es einen Garten voller Obstbäume, von denen die Menschen essen können – außer von einem. Aber natürlich sind die ersten Menschen versucht, eine Frucht von dem einen Baum zu essen, den sie nicht anfassen sollen:
„Von allen Bäumen im Garten darfst du essen, nur nicht von dem Baum, der dich Gut und Böse erkennen lässt." … Seine Früchte wirkten verlockend, und klug würde sie davon werden!
(Genesis 2,16-17 und 3,6; lies die ganze Geschichte in Genesis 2,4 bis 3,24 nach)

Bete für die Weisheit, Gut und Böse unterscheiden zu können, und für Vergebung dafür, dass wir Gott oft nicht beachten.

3. Gurke oder Melone

Nachdem das Volk Israel von Mose aus der Sklaverei in Ägypten befreit wurde und Gott ihnen in der Wüste Manna zu essen gegeben hatte, beschwerten sie sich darüber, dass sie in der Wüste waren und nichts als Manna zu essen hatten. Sie dachten nur an die guten Seiten ihres vergangenen Lebens:
Doch das Jammern nahm kein Ende. ... und schon fingen auch die Israeliten wieder an zu klagen: „Niemand gibt uns Fleisch zu essen! In Ägypten war das anders! Da bekamen wir umsonst so viel Fisch, wie wir wollten, da gab es Gurken, Melonen, Lauch, Zwiebeln und Knoblauch."
(Numeri 11,4-5; die Exodus-Geschichte kannst du in Exodus 1 bis 14 nachlesen)

Bete dafür, dass du dankbar für das bist, was du hast, und dich nicht darüber beschwerst, was du nicht hast. Bete für die Weisheit, Vergangenes ziehen zu lassen und dich nicht zu fragen, was hätte sein können.

4. Ein Glas Wasser

Die meisten Bibelgeschichten spielen in der Wüste, wo es lebenswichtig sein kann, eine Wasserquelle zu finden. Als Jesus eines Tages durstig war, bat er eine fremde Frau, ihm Wasser aus einer Quelle zu bringen:
Jesus erwiderte: „Wer dieses Wasser trinkt, wird bald wieder durstig sein. Wer aber von dem Wasser trinkt, das ich ihm gebe, der wird nie wieder Durst bekommen. Dieses Wasser wird in ihm zu einer nie versiegenden Quelle, die ewiges Leben schenkt."
(Johannes 4,13-14; lies die ganze Geschichte in Johannes 4,1-42 nach)

Bete für Menschen, die kein sauberes Trinkwasser haben, und danke Gott für das Glück unseres Leitungswassers. Denk darüber nach, was es wohl heißen könnte, wenn man niemals durstig nach Gott ist.

5. Ein Thunfisch-Sandwich (oder anderes Brot mit Fisch)
Die wundervolle Speisung Jesu von mehreren tausend Menschen mit fünf Broten und zwei Fischen ist das einzige Wunder (neben der Auferstehung), das in allen vier Evangelien festgehalten ist:
Gegen Abend kamen die Jünger zu ihm und sagten: „Es ist spät geworden, und die Gegend hier ist einsam. Schick die Leute weg, damit sie in die Dörfer gehen und dort etwas zu essen kaufen können! ... Wir haben doch nur fünf Brote und zwei Fische hier." ... „Dann bringt sie mir her!", sagte Jesus. Er forderte die Leute auf, sich ins Gras zu setzen, nahm die fünf Brote und die beiden Fische, sah zum Himmel auf und dankte Gott. Dann teilte er das Brot, reichte es seinen Jüngern, und die Jünger gaben es an die Menge weiter. Alle aßen und wurden satt. Als man anschließend die Reste einsammelte, da waren es noch zwölf Körbe voll.
(Matthäus 14,15 und 17-20; du kannst die Geschichte auch in Markus 6,30-44, Lukas 9,10-17 und Johannes 6,1-14 finden)

Bete für alle, die nichts zu essen haben, für Hilfsorganisationen, für Landwirt*innen und Wissenschaftler*innen, die daran arbeiten, die Welt zu ernähren. Stell dir vor, wie du dich in dieser Menschenmenge wohl gefühlt hättest und was du in dem Moment über Jesus gedacht hättest.

6. Party-Snacks (Chips, Kuchen, Limonade usw.)

Kurz darauf gab er für Jesus in seinem Haus ein großes Fest … Jesus und die Jünger aßen mit ihnen zusammen. Da empörten sich die Pharisäer und vor allem die Schriftgelehrten unter ihnen: „Weshalb gebt ihr euch mit solchen Sündern und Betrügern ab?", sagten sie zu den Jüngern. Jesus antwortete ihnen: „Die Gesunden brauchen keinen Arzt, sondern die Kranken! Ich bin gekommen, um Sünder zur Umkehr zu Gott zu rufen, und nicht solche, die sich sowieso für gut genug halten." Wieder einmal kamen einige Leute zu Jesus und stellten ihm eine Frage: „Die Jünger von Johannes dem Täufer fasten und beten regelmäßig, und die Jünger der Pharisäer halten es auch so. Warum aber essen und trinken deine Jünger, ohne sich um die Fastentage zu kümmern?" Da antwortete Jesus: „Wollt ihr etwa die Hochzeitsgäste fasten lassen, solange der Bräutigam noch bei ihnen ist?"
(Lukas 5,29-34)

Stell dir vor, du bist auf einer Party mit Jesus. Bete dafür, dass Kirchen alle Menschen willkommen heißen und nicht nur die, die ihnen fromm genug erscheinen.

7. Essig

Als Jesus gekreuzigt wurde, wurde ihm saurer Wein, also Essig, gegeben:
Auch die Soldaten trieben ihren Spott mit ihm. Sie boten ihm Essigwasser zu trinken an und riefen ihm zu: „Wenn du der König der Juden bist, dann rette dich doch selber!"
(Lukas 23,36-37)

Stell dir vor, du siehst, wie das geschieht. Bete für die, die Christ*innen belästigen oder verfolgen. Bete für Kraft und Mut für diejenigen, die leiden oder sterben.

8. Neun Trauben/Beeren/Ananasstücke

Dagegen bringt der Geist Gottes in unserem Leben nur Gutes hervor: Liebe, Freude und Frieden; Geduld, Freundlichkeit und Güte; Treue, Nachsicht und Selbstbeherrschung.
(Galater 5,22-23)

Bete für eines dieser Geschenke des Heiligen Geistes, während du die Obststückchen isst.

FEEDBACK

Als ich dieses Experiment ausprobiert habe, ...

So zu beten, war für mich ...

Am besten daran gefallen hat mir:

Was ich beim nächsten Mal ändern würde:

Ich gebe diesem Experiment ◯ von zehn Punkten.

NOAHS BEWERTUNG: 3,5/10

Das Essen hat mir geschmeckt, aber ansonsten hat das nicht so gut funktioniert. Ich habe die verschiedenen Sachen gegessen und für die Dinge gebetet, die vorgeschlagen waren, aber viel gespürt habe ich nicht. Ich glaube, das Essen hat mich zu sehr abgelenkt. Ich habe mich mehr darauf konzentriert als auf die Bibelverse. Die Trauben waren das Beste, weil man immer wieder welche essen konnte. Die waren klein genug, da konnte ich mich gut konzentrieren. Das Wiederholen hat auch geholfen. Ich esse Trauben gern und sie werden auf Gemälden und so weiter auch oft als etwas Luxuriöses dargestellt. Das hat dann gut zu Liebe, Freude und so weiter gepasst. Das war die einzige Sache, die gut funktioniert hat.

WAS SAGEN ANDERE TESTER*INNEN?

8/10

- Das hat Spaß gemacht, ich mag Essen! Das mit dem Honig hat gut funktioniert und hat mich echt angesprochen. Und die Party mit Jesus konnte ich mir auch gut vorstellen.
- Ich habe noch nie Essig probiert! Der schmeckt fast so schlecht, wie man es sich vorstellt. Die neun Trauben waren ganz interessant, obwohl ich mir ein bisschen Sorgen gemacht habe, dass ich keins der Geschenke des Heiligen Geistes habe. Und dann habe ich mich für die Sorgen schuldig gefühlt ...

(Mitglieder der St. Mary Magdalene Church, Belmont)

7/10 – Das war interessant. Ich habe alles probiert und dann die Bibelverse nachgelesen. Die süßen Sachen haben mich an die schönen Dinge im Leben erinnert. Statt Essig habe ich Zitronensaft genommen und der war sauer und bitter. Da musste ich dann an die eher schlechten Sachen denken. Und ich konnte mich super mit den Bibelstellen identifizieren und sie gut verstehen. (Reuben, 13)

8/10 – Ich fand das eine gute Idee. Ich glaube, das war mein liebstes Experiment. Am besten fand ich die Trauben, weil man bei jeder für etwas Bestimmtes beten konnte. Bei den anderen Sachen habe ich erst gegessen und dann gebetet. Ich glaube, ich habe mich mehr aufs Beten konzentriert als auf die Bibelstellen, aber es hat mir geholfen, dass die Bibelstellen dabeistanden. Ich fand die Verbindungen zwischen den Bibelstellen und dem Essen manchmal etwas komisch, zum Beispiel bei dem Essig oder bei den Party-Snacks. Ich mochte das mit dem Obst und dem Garten Eden, aber ich weiß nicht genau, wieso. (Jasmine, 14)

8/10

- Wir haben nur den letzten Teil gemacht und uns auf die „Früchte des Heiligen Geistes" konzentriert, mit verschiedenem Obst.
- Ich fand das gut, weil man sich auf eine Sache konzentrieren konnte. Das war cool.
- Lecker!
- Ich fand das eine ziemlich ungewöhnliche Art zu beten.

(Mitglieder von „Encounter", All Saints Churchs,
High Wycombe)

GEBETS SPAZIER-GANG

Für bestimmte Orte beten

Beim Gebetsspaziergang kann man für einen bestimmten Ort beten, auch wenn man nicht genau weiß, was die Leute dort brauchen oder wer sie überhaupt sind. Man kann so zum Beispiel für die Straßen in der Nachbarschaft beten. Kirchengruppen beten so auch für Orte, von denen sie glauben, dass sie dringend ein Gebet brauchen.

Der Gebetsspaziergang verbindet zwei uralte Traditionen: Fürbitte und Pilgern. Das erste, woran du beim Thema Beten denkst, ist wahrscheinlich, dass man Gott um Hilfe für andere Menschen oder Situationen bitten kann. Das nennt man „Fürbitte".

Aber wir sind oft überfordert von all den Dingen, für die man beten könnte. Manchmal wissen wir gar nicht genau, was gerade benötigt wird. Dann ist es schwer, die richtigen Worte zu finden. Das kann besonders knifflig sein, wenn wir für einen bestimmten Ort beten wollen, an dem es in der letzten Zeit besonders viele Probleme gegeben hat. Zum einen wissen wir oft nicht, für wen wir da genau beten, und zum anderen können die Probleme auch sehr kompliziert sein.

Pilgern und Gebetsspaziergänge

Die zweite alte Tradition, die bei einem Gebetsspaziergang aufgegriffen wird, ist das Pilgern. Dabei macht man eine Reise an einen heiligen Ort und beweist dadurch seinen hingebungsvollen Glauben. Pilgerreisen wurden früher meistens zu Fuß unternommen, also hat man ziemlich viel Zeit und Mühe hineingesteckt. Man musste auf dem Weg nicht unbedingt viel beten. Das Pilgern an sich war schon Gebet genug.

Wie beim Pilgern setzen wir auch beim Gebetsspaziergang Taten statt nur Worte ein. Wir sagen nicht nur Gebete auf, sondern drücken unsere Sorge um den Ort aus, indem wir dort umhergehen. Wir machen uns Mühe und sitzen nicht nur gemütlich zu Hause. Beim Gehen wird auch unser Geist beansprucht. So kann das Gebet besser aus uns herausfließen und wir sorgen uns nicht so sehr um die einzelnen Worte.

Der größte Unterschied zwischen einem Gebetsspaziergang und einer Pilgerreise ist, dass man für einen Gebetsspaziergang kein bestimmtes Ziel benötigt. Man läuft einfach durch die Straßen, durch den Park oder an Geschäften vorbei. Und genau das ist es schon. Man könnte sich natürlich ein bestimmtes Ziel aussuchen, zum Beispiel einen Aussichtspunkt oder eine Kirche, aber bei dieser Aufgabe geht es nicht um das Ankommen. Es geht um das Beten für die Orte, die man durchquert, und über das Nachdenken auf dem Weg.

DAS EXPERIMENT

Du kannst das Experiment allein oder in einer kleinen Gruppe machen, vielleicht mit Freund*innen aus der Kirche. Suche dir einen sicheren und gut erreichbaren Weg aus.

Fang am besten mit Orten an, die du schon kennst. Das können die Straßen deiner Nachbarschaft sein oder die Gegend um deine Schule oder Kirche. Wenn das nicht so praktisch oder unsicher ist, dann geh woanders hin. Vielleicht dahin, wo deine Großeltern oder Freund*innen wohnen oder wo du gerne

Shoppen gehst. Plane deinen Weg vorher und sage jemandem Bescheid, wo du hingehst und wann du wieder zurück sein willst – einfach zur Sicherheit.

Bete, während du gehst, für die Orte, an denen du vorbeikommst – nicht laut, sondern einfach in deinen Gedanken. Du kannst Gott um Segen für die Menschen in den Häusern bitten. Wenn du an einer Schule, Geschäften oder Bürogebäuden vorbeigehst, bete für die Menschen darin und für alles, was sie tun. Bestimmte Geschäfte lassen dich vielleicht an bestimmte Dinge denken: Ein Supermarkt erinnert dich an fair produzierte Lebensmittel oder Landwirt*innen, die nicht gut zurechtkommen, oder an Menschen, die sich nicht viel zu essen leisten können. Eine Zeitschriftenhandlung erinnert dich an die Nachrichten oder an die Leute, die gerade Zeitung lesen, und was sie beschäftigt. Ein Blumenladen erinnert dich an die Menschen, die diese Woche Blumen kaufen werden – sei es zum Feiern oder zum Trauern.

Wenn du an einer Kirche oder an anderen Glaubenshäusern vorbeigehst, bete für die Menschen, die sich dort treffen. Vielleicht möchtest du auch für bestimmte Probleme oder Projekte in der Gemeinde beten.

Lass deinen Gedanken einfach freien Lauf. Wenn dir etwas auffällt, dann bete dafür.

Du wirst sicherlich einigen Menschen begegnen, die zu Fuß, auf dem Rad, im Bus oder im Auto unterwegs sind. Vielleicht bittest du den Heiligen Geist, die Frau zu erfüllen, die gerade mit ihrem Hund Gassi geht. Oder du betest, dass der Mann auf der anderen Straßenseite bemerkt, dass Gott bei ihm ist. Wenn ein Krankenwagen an dir vorbeifährt, bete für die Sanitäter*innen und wem auch immer sie helfen. Wenn ein Lieferwagen vorbeifährt, erinnert dich das vielleicht an alle, die heute Geburtstag haben, oder an die Einsamen, die nie Briefe oder Päckchen bekommen.

Bitte Gott um Segen für die ganze Umgebung, wenn du nach Hause gehst. Bitte ihn, dass er dir zeigt, wie du einen Beitrag zum Wohl deiner Stadt leisten kannst. Zum Schluss kannst du für dein Zuhause beten, wenn du dort ankommst.

FEEDBACK

Als ich dieses Experiment ausprobiert habe, ...

____

____

Den Gebetsspaziergang fand ich ...

____

____

Am besten daran gefallen hat mir:

Was ich beim nächsten Mal ändern würde:

Ich gebe diesem Experiment ◯ von zehn Punkten.

NOAHS BEWERTUNG: 7,5/10

Für meinen ersten Gebetsspaziergang wollte ich wohin, wo ich nicht dauernd bin. Ich bin nicht bei mir zu Hause rumgelaufen, sondern mit einem Freund in seiner Nachbarschaft. Dabei habe ich Orte entdeckt, die ich vorher noch nicht kannte. Es war eine ziemlich heruntergekommene Gegend und ich habe die meiste Zeit für die Nachbarschaft gebetet und für die Leute, die dort leben. Ich habe nicht nur für die Stadt und für die Menschen in den Häusern gebetet, sondern auch für gestresste und belastete Leute. Und ein bisschen habe ich auch für die Leute gebetet, die im Regen auf den Bus gewartet haben. Mit einem Freund war das irgendwie komisch. Ich wollte einerseits mit ihm reden und er auch mit mir, aber andererseits wollten wir ja auch beten. Aber es war trotzdem gut, weil ich wusste, dass jemand anderes auch für die Menschen gebetet hat und dass er mit mir da war.

Ein paar Wochen später habe ich es noch mal ausprobiert und war alleine bei mir in der Gegend unterwegs. Ich habe eine Wohnsiedlung entdeckt, die ich noch nicht kannte. Und das war gut, weil mir so bewusst geworden ist, dass ich einiges in meiner Nachbarschaft noch nicht gesehen habe. Ein paar alte Leute haben da gesessen und gelesen, also habe ich für sie um ein glückliches Leben gebetet. Außerdem haben ein paar Kinder draußen Ball gespielt. Für die habe ich auch gebetet. Und ein paar Bauarbeiter*innen sahen so aus, als wäre ihre Arbeit ziemlich anstrengend. Ich habe gebetet, dass Gott bei der Arbeit nach ihnen sieht und sie beschützt. Wenn ich keine Leute gesehen habe, habe ich für die Straße oder die Häuser gebetet, an denen ich vorbeigekommen bin. Also einfach: „Ich bete für diese Straße."

Das war ganz schön. Ich habe mich weniger egoistisch gefühlt als sonst manchmal beim Beten. Ich bete oft für mich und für Leute in anderen Ländern, wo Not herrscht oder es einen Krieg gibt. Aber es war schöner, für Leute zu beten, die näher waren und die es wahrscheinlich trotzdem brauchen, dass man für sie betet.

Ich würde empfehlen, das Experiment alleine oder mit einer anderen Person zu machen, nicht in einer größeren Gruppe. Ich glaube, es wäre komisch, das mit meiner Jugendgruppe zu machen, wenn wir alle zusammen rumlaufen und niemand etwas sagt. Das wäre nicht besonders gemeinschaftlich.

WAS SAGEN ANDERE TESTER*INNEN?

8/10 – Ich habe beim Gebetsspaziergang nicht nur mehr über mich selbst gelernt, sondern auch über meine Nachbarschaft. Man kann dabei in einem entspannten Umfeld beten und um Segen bitten, während man unterwegs ist. Das fand ich ungewöhnlich und ziemlich angenehm. Es war nicht so begrenzt wie das Beten in der Kirche. Und in einem Gebäude spürt man Gott nicht so sehr, weil es ja von Menschen gebaut wurde und nicht von einer höheren Macht. In seiner Schöpfung umherzugehen fühlt sich an, als wäre man mit Gott in der Welt, die er geschaffen hat. (Harry, 13)

10/10 – Ich bin einen kurzen Weg zum Haus meiner Oma gegangen, das am anderen Ende unserer Straße liegt. Ich habe mich dabei glücklich gefühlt, weil wir in so einem schönen Haus wohnen. Ich habe an die Leute gedacht, die in den anderen Häusern leben und habe für ihr Leben gebetet und für die Leute, die ich kenne. Ich habe an die Kinder in Kriegsgebieten gedacht, die in den Nachrichten gerade gezeigt werden, und Gott gedankt, dass ich mich in meiner Nachbarschaft sicher fühle. Ich mochte es, für die Leute zu beten, die ich kenne. So habe ich auch mehr an Leute in anderen Gegenden gedacht. (Emma, 11)

9/10 – Das hat mir echt gut gefallen und ich habe mich mehr mit der Natur verbunden gefühlt.

Ich habe unseren Hund mitgenommen und bin um ein großes Feld in der Nähe von unserem Haus gelaufen. Ich habe auf dem Weg dahin nicht gebetet, nur beim Feld selber – da hat sich das viel natürlicher und freier angefühlt als auf der Straße. Ich habe eher für die Natur gebetet. Ich bin an vielen Bäumen und ganz viel Grün vorbeigekommen. Dafür war ich dankbar. Es war auch schön, dass mein Hund dabei war. Ich habe mit ihr Ball gespielt und auch für sie gebetet. Mit ihr habe ich mich dann auch mehr verbunden gefühlt.

Ich werde das noch mal an einem anderen Ort versuchen, zum Beispiel im Wald. Ich fühle mich beim Beten in der Natur wohler. In den Straßen meiner Nachbarschaft kann ich mir das nicht vorstellen. Aber wenn ich so überlege, wäre es vielleicht an Orten wie London auch ganz cool. (Jasmine, 14)

DIE AUTOR*INNEN

Miranda und Noah Threlfall-Holmes sind Mutter und Sohn. Sie leben in Durham im Nordosten Englands.

Noah ist 13 Jahre alt und geht auf die Durham Johnston Gesamtschule in Durham. Er ist ein entspannter Typ und beschreibt sich selbst stolz als Nerd. Er spielt gern Videospiele, vor allem online mit seinen Freunden. Außerdem liest er gerne. Eines seiner Lieblingsspiele ist *Pokémon*. Noah ist Pfadfinder und kann daher sehr gut Karten lesen und navigieren. Seine Lieblingsfächer in der Schule sind Geographie und Mandarin. Außerdem geht er gern zum „Totally Awesome Youth Club" der Kirche St. Mary Magdalene in Belmont.

Miranda ist 41 Jahre alt und Pfarrerin von St. Mary Magdalene in Belmont und von St. Laurence in Pittington. Sie ist nicht ganz so entspannt wie ihr Sohn. Vor ihrer Weihe hat sie zunächst im Markenmanagement gearbeitet und war dann Historikerin. Sie hat in Cambridge ein Geschichtsstudium mit sehr gutem Ergebnis absolviert und in Durham Theologie studiert und einen Doktortitel in mittelalterlicher Ordensgeschichte erworben. Sie hat schon einige Bücher, Gedichte und Artikel veröffentlicht. Sie wurde in Durham zur Priesterin ausgebildet und arbeitete in St. Gabriel in Heaton, war Kaplanin des University College Durham und Interimsdirektorin des Ustinov College in Durham, bevor sie im Jahr 2012 ihr derzeitiges Amt antrat. In ihrer Freizeit filzt sie gern, liest Krimis und Regency-Liebesromane (und versucht selbst einen Krimi zu schreiben) und arbeitet gern im Garten. Sie ist seit 18 Jahren mit dem Chemieingenieur Phil verheiratet. Die beiden haben drei Kinder, von denen Noah der älteste ist.

DANKE

Dieses Buch begann als ein Blog, auf dem Miranda jede Woche eine Gebets-Idee postete. Noah probierte sie dann aus und schrieb darüber, wie er die Ideen so fand. Der Blog wurde immer beliebter und die Ideen wurden von Einzelpersonen, aber auch von kirchlichen Jugendgruppen in ganz England verwendet.

Wir möchten insbesondere den folgenden Personen für das Experimentieren und ihr Feedback danken: Jasmine Bennett, Reuben Cook, Rachel Moberly, Daniel Rix, Luke Nichols, Emily Robson, Callum Cullingworth, Hazel Cullingworth, Edward Bradshaw, Catherine Bradshaw, Daisy Bradshaw, Jonny Halliday, Dan Halliday, Harry Little, Hannah Lewis, Emma Arnold, Phoebe Wakefield, Emily Wilson, Beatrice Dickinson; Ruth Harley und die Mitglieder von „Encounter", All Saints Church, High Wycombe; Kat und Tim Marjoriebanks und die Mitglieder von „Deeper", St. John's Church, Neville's Cross, Durham; Grace Thomas und die Mitglieder von „3Generate"; Blackburn Cathedral Confirmation Group; Colum and Lizzie Goodchild und die Mitglieder vom „Totally Awesome Youth Club" von St. Mary Magdalene, Belmont, Durham.

Vielen Dank auch an Lindsay Southern für die Idee der Nerf-Blaster-Beichte; an Rachel Moberly für die Idee des Gebetsverstecks; an Tracey Messenger von SPCK für ihre Ratschläge und Unterstützung; und an den Rest unserer Familie — Phil, Tobias und Zoe Threlfall-Holmes — für ihre Geduld, ihre Hilfe, Zuspruch und Unterstützung über die letzten Jahren, in denen wir dieses Buch geschrieben haben.